D1354385

Du même auteur aux éditions Grasset

LES ENFANTS TERRIBLES.
ESSAI DE CRITIQUE INDIRECTE.
LA MACHINE INFERNALE.
PORTRAITS-SOUVENIR.
SOIXANTE DESSINS POUR LES ENFANTS TERRIBLES.
LETTRE AUX AMÉRICAINS.
REINES DE LA FRANCE.
JOURNAL D'UN INCONNU.
COLETTE.
LA CORRIDA DU 1er MAI.

Jean

Cocteau

Journal d'un inconnu

Bernard Grasset
PARIS

Jean Cocteau/Journal d'un inconnu

Si Cocteau a beaucoup écrit, s'il a touché à tout, si la poésie, l'essai, le roman, le théâtre en prose et en vers, le récit de voyage et l'aphorisme, le portrait-souvenir et le journal, l'argument de ballet et le scénario de film, la céramique et le dessin (la liste n'est pas exhaustive) ont été ses moyens successifs d'expression, ce sont toujours les mêmes traits qui transparaissent au cours de ses métamorphoses. Jean Cocteau, que ses détracteurs ont accusé d'imiter tout le monde, a été toute sa vie durant d'une fidélité exceptionnelle à sa voix, à ses thèmes et à son univers esthétique.

Il est mort exactement le 11 octobre 1963, le même jour que son amie Édith Piaf – mais son sillage est encore pour nous phosphorescent. Peut-être parce que, sans cesser d'être lui-même, il s'est fondu dans le tissu de son époque, qu'il en est devenu l'emblème et qu'en interrogeant les bigarrures de son temps on voit surgir dans leur dessin le prodigieux Arlequin qui illustre ses fêtes.

Résumer la vie de Jean Cocteau serait prétendre

retracer en quelques lignes l'histoire artistique de la France, de l'avant-première grande guerre aux années soixante. En effet, du Prince frivole, *son premier recueil de poèmes, publié en 1910, au* Testament d'Orphée, *son dernier film, tourné en 1960, ce sont cinquante années de notre littérature que son œuvre légère et profonde survole de sa lumière dansante. Car non content de charmer tout Paris par ses propos, de peindre des décors et de décorer des chapelles, de faire de la céramique et de réaliser des films – le premier,* le Sang d'un poète *(1933), est devenu un classique des ciné-clubs – il a reçu le baptême de l'air de Roland Garros, fréquenté Proust, Apollinaire, Cendrars, découvert Radiguet, soutenu la révolution cubiste, patronné le Groupe des Six, managé le boxeur Al Brown, fumé l'opium, dîné en ville, obtenu un fauteuil à l'Académie française et surtout – c'est là l'essentiel – écrit* Plaint-Chant *(1923),* Thomas l'Imposteur *(1923),* les Enfants terribles *(1929),* la Difficulté d'être *(1947) et ce* Journal d'un inconnu *(1953) qui comptent parmi les plus beaux poèmes, les plus brillants récits, les plus brûlantes confidences de toute notre littérature.*

Journal d'un inconnu... *Ce titre exprime parfaitement une des hantises de Cocteau. « Je ne suis pas celui que vous croyez », n'a-t-il cessé de répéter sur tous les tons, et peu d'hommes ont fait plus que lui pour démystifier la figure qu'il proposait pourtant à son public. Cette hantise et ce souci, on les découvre en filigrane dans ce livre où, nous parlant de l'inspiration, de la mémoire, de l'amitié et de bien d'autres choses, il n'a en tête, semble-t-il, que de lever le masque et de nous découvrir son vrai visage. Cet effort émouvant vers une vérité fuyante et volatile (ainsi le voulait son génie) donne son prix à cet essai d'une écriture éblouissante, et d'une gravité qui prouve que ce grand artiste était bien plus qu'un virtuose.*

Nous qui savons ce que ce geste attire
Quitter le bal et les buveurs de vin...

OPÉRA.

DÉDICACE

Mon cher René Bertrand,

JE vous ignorais, comme on ignore les coulisses de l'univers qui sont votre étude.

Vous êtes devenu mon ami après m'avoir écouté à la radio. J'y disais : *Le temps est un phénomène de perspectives.* Voilà l'exemple type d'une de ces graines qu'on lance à l'aveuglette et qui tombent au bon endroit.

J'ai écrit ces notes en pensant à vous, au pessimisme de votre livre, *l'Univers cette Unité*, pessimisme optimiste, parce que vous étudiez notre pauvre monde en sulfatant vos vignes.

★

Permettez-moi de vous rappeler ici la récente affaire Einstein que relate la presse américaine et qui vous avait tant plu.

L'Université de Philadelphie reçoit une lettre d'un savant qui signale sa découverte d'une faute grave dans les derniers calculs d'Einstein. On communique la lettre à Einstein. Il déclare que le savant est sérieux et que, si quelqu'un est en mesure de le confondre, il demande à l'être publiquement. On invite professeurs, journalistes, à l'Université, dans la grande salle de conférences. Une estrade supporte un tableau noir.

Pendant quatre heures, le savant couvre ce

tableau noir de signes incompréhensibles. Ensuite, il pointe un de ces signes et dit : « La faute est là. » Einstein monte sur l'estrade, considère longuement le signe incriminé, l'éponge, prend la craie et le remplace par un autre.

Alors, l'accusateur se cache la figure dans les mains, pousse une espèce de cri rauque et quitte la salle.

Lorsqu'on pria Einstein d'expliquer la scène, il répondit qu'il faudrait plusieurs années pour la comprendre. Seul sur l'estrade, le tableau noir dressait sa face de Joconde. Que dis-je? Son terrible sourire de tableau abstrait.

★

Si l'un de nous devait prendre l'autre en faute, ce serait vous et je me sauverais à toutes jambes. Mais je ne vous mettrai pas dans l'obligation de m'infliger cette honte.

Il n'en reste pas moins vrai que nos attaches sont de ce genre et que je n'ai pas plus d'espoir dans le succès de mes notes que vous n'en avez dans la réussite de vos livres. Certaines vérités sont mauvaises à dire. Elles dérangent un confort. Elles veulent soulever de force l'aile sous quoi l'homme se cache la tête. Attitude valable s'il n'avait été trop loin et s'il n'était trop tard pour se cacher la tête après avoir si souvent répété : « Fais-moi peur. » En outre, la vérité possède une figure changeante que l'homme peut regarder sans crainte parce qu'il ne la reconnaît pas.

Acceptez cette dédicace en simple hommage d'un homme invisible à son collègue.

JEAN COCTEAU.

Février 1952, *Saint-Jean-Cap-Ferrat.*

PRÉAMBULE

Je ne prétends pas construire une usine de l'invisible, mais suivre l'exemple de l'artisanat en des matières qui exigent plus de culture que je n'en possède.

Je veux m'installer devant ma porte, essayer de comprendre, à la main, ce sur quoi la sagesse base son industrie.

N'ayant à ma disposition ni les instruments ni les préceptes qui facilitent ce genre d'études, il faut me résoudre à rempailler une chaise où l'âme a coutume de s'asseoir plutôt que le corps.

J'ai souvent éprouvé un tel plaisir à regarder les petits métiers de la rue qu'il est possible que je satisfasse des personnes prenant à ce genre de spectacles et marchandises le même plaisir que moi.

Un savant m'a dit un jour qu'on avait plus de contacts avec le mystère si l'on n'était pas engoncé par les doctrines, avec la chance, si l'on jetait sa pièce de-ci de-là sur des chiffres, au lieu de se plier aux martingales. Que la science retardait sa course en se comptant et recomptant les jambes et que l'école buissonnière risquait de nous mettre sur le bon chemin. Qu'on avait vu des meutes perdre la trace, alors que le nez d'un roquet tombait juste. Enfin, mille politesses où je cherche des excuses à mon ignorance et la permission de rempailler ma chaise.

C'est en jouant médiocrement du violon qu'Ingres nous a donné une formule si commode qu'on se demande de quelle autre on se servait auparavant.

Plusieurs cordes à son arc *n'est pas du même usage. Et si Léonard était né après Ingres, sans doute eût-on dit qu'il jouait, en virtuose, de plusieurs violons.*

Je ne possède ni télescopes ni microscopes. Seulement une certaine adresse aux épissures et à choisir un jonc souple.

C'est le droit à l'artisanat spirituel que je réclame. L'artisanat n'est plus en faveur à notre époque de grosses entreprises. Mais il est représentatif de ce singulier que le pluriel menace de sa haute vague.

P.-S. — *J'avais remarqué, à la campagne, et Montaigne l'explique mieux que moi, comme l'imagination se débride et s'éreinte à l'aveuglette si on ne la fixe pas sur quelque objet. Ce journal, par chapitres, n'est pas autre chose que la discipline d'un esprit en vacances et qui se regroupe par crainte de se perdre en loisirs.*

DE L'INVISIBILITÉ

> Capable de tout. Quelquefois, brusquement, une question se pose : Les chefs-d'œuvre ne seraient-ils que des alibis?
>
> *Essai de Critique indirecte.*

L'INVISIBILITÉ me semble être la condition de l'élégance. L'élégance cesse si on la remarque. La poésie étant l'élégance même ne saurait être visible. Alors, me direz-vous, à quoi sert-elle? A rien. Qui la verra? Personne. Ce qui ne l'empêche pas d'être un attentat contre la pudeur, mais son exhibitionnisme s'exerce chez les aveugles. Elle se contente d'exprimer une morale particulière. Ensuite, cette morale particulière se détache sous forme d'œuvre. Elle exige de vivre sa vie. Elle devient le prétexte de mille malentendus qui se nomment la gloire.

La gloire est absurde par le fait qu'elle résulte d'un attroupement. Une foule encercle un accident, se le raconte, l'invente, le perturbe jusqu'à ce qu'il en devienne un autre.

Le beau résulte toujours d'un accident. D'une chute brutale entre des habitudes prises et des habitudes à prendre. Il déroute, dégoûte. Il arrive qu'il fasse horreur. Lorsque la nouvelle habitude en sera prise, l'accident cessera d'être accident. Il deviendra classique et perdra sa vertu de choc. Une œuvre n'est donc jamais comprise. Elle est admise. C'est, si je ne me trompe, une remarque d'Eugène Delacroix : « On n'est jamais compris, on est admis. » Matisse répète souvent cette phrase. Les personnes qui virent vraiment l'accident s'éloignent, bouleversées, incapables d'en rendre compte. Celles qui ne l'ont pas vu en témoignent. Elles expriment leur inintelligence par l'entremise de ce prétexte à se faire valoir. L'accident reste sur la route, ensanglanté, statufié, atroce de solitude, en proie aux bavardages et aux rapports de police.

★

L'inexactitude de ces bavardages et de ces rapports ne provient pas uniquement de l'inattention. Elle a des racines plus solides. Elle s'apparente à la genèse du mythe. L'homme cherche à se fuir dans le mythe. Il s'y emploie par n'importe quel artifice[1]. Drogues, alcool ou mensonges. Incapable de s'enfoncer en lui-même, il se déguise. Le mensonge et l'inexactitude le soulagent quelques minutes, lui procurent la petite délivrance d'une mascarade. Il décolle de ce qu'il éprouve et de ce qu'il voit. Il invente. Il transfigure. Il mythifie. Il crée. Il se flatte d'être un artiste. Il imite, au petit pied, les peintres qu'il accuse d'être fous.

★

Les journalistes le savent ou le sentent. Les inexactitudes de la presse, les gros titres dont

1. *Le mensonge est la seule forme d'art que le public approuve et préfère instinctivement à la réalité.*

Essai de Critique indirecte.

ils les soulignent, flattent cette soif d'irréalité. Hélas! ici, aucune force ne préside à la métamorphose de l'objet modèle en objet d'art. Mais cette plate métamorphose prouve un besoin de fable. L'exactitude dépite une foule qui se voudrait fantaisiste. Notre époque n'a-t-elle pas inventé le terme *évasion*, alors que le seul moyen de s'évader de soi consiste à se laisser envahir?

C'est pourquoi la fantaisie est haïssable. Les gens la confondent avec la poésie dont la pudeur consiste à costumer ses algèbres. Son réalisme est celui d'une réalité insolite, inhérente au poète qui la découvre et qu'il s'efforce de ne point trahir.

La poésie est une religion sans espoir. Le poète s'y épuise en sachant que le chef-d'œuvre n'est, après tout, qu'un numéro de chien savant sur une terre peu solide.

Bien sûr, il se console sous prétexte que l'œuvre participe à quelque mystère plus solide. Mais cet espoir vient de ce que tout homme est une nuit (abrite une nuit), que le travail de l'artiste sera de mettre cette nuit en plein jour, et que cette nuit séculaire procure à l'homme, si limité, une rallonge d'illimité qui le soulage. L'homme devient alors pareil à un paralytique endormi, rêvant qu'il marche.

La poésie est une morale. J'appelle une morale un comportement secret, une discipline construite et conduite selon les aptitudes d'un homme refusant l'impératif catégorique, impératif qui fausse des mécanismes.

Cette morale particulière peut paraître l'immoralité même au regard de ceux qui se mentent ou qui vivent à la débandade, de sorte que le mensonge leur deviendra vérité, et que notre vérité leur deviendra mensonge.

C'est en vertu de ce principe que j'ai écrit : Genet est un moraliste et « *Je suis un mensonge qui dit toujours la vérité* », phrase dont les ânes firent leur herbe tendre. Ils s'y roulent. Cette phrase signifiait que l'homme est socialement un mensonge. Le poète s'efforce de combattre le mensonge social surtout lorsqu'il se ligue contre sa vérité singulière et l'accuse de mensonge.

Rien de plus âpre que cette défense du pluriel contre le singulier. Les perroquets de toutes les cages répètent : « Il ment. Il dupe », lorsqu'on s'acharne à ne jamais mentir. Une jeune femme qui me disputait jadis s'écria : « Ta vérité n'est pas la mienne. » Je l'espère bien.

Au reste, comment mentirais-je? Par rapport à quoi? A quelle fin? A quel titre? J'ai, d'une part trop de paresse et, de l'autre, trop de respect pour les ordres internes qui me dirigent, qui me forcent à vaincre ma paresse, et qui ne plaisantent pas avec la crainte du qu'en dira-t-on.

Il m'arrive même de ne plus percevoir les reproches, trop hypnotisé par ma morale (j'avais écrit dans *le Coq et l'Arlequin : Nous abritons un ange. Nous devons être les gardiens de cet ange*), morale que je perfectionne au point de m'entourer d'amis qui ne vous passent pas la moindre faute, et vous observent d'un œil dur. De ces amis chez lesquels la bonté, les qualités, les vertus, possèdent la violence qu'on ne constate que dans la méchanceté, les défauts et les vices.

J'appelle une œuvre la sueur de cette morale.
Toute œuvre qui n'est pas la sueur d'une morale, toute œuvre qui ne résulte pas d'un exercice de l'âme exigeant une volonté plus forte que n'importe quel effort physique, toute œuvre trop visible (puisque la morale particulière et les œuvres qui en découlent ne peuvent être visibles à ceux qui vivent sans une morale, ou se contentent de suivre un code), toute œuvre trop vite convaincante, sera une œuvre décorative et fantaisiste. Elle plaira parce qu'elle n'exigera pas l'abolition de la personnalité de celui qui écoute au bénéfice de la personnalité de celui qui parle. Elle permettra aux critiques et à ceux qui les consultent de la reconnaître et de s'y reconnaître d'un rapide coup d'œil. Or, la beauté ne se reconnaît pas d'un rapide coup d'œil.

★

Cette morale, qui prend forme, deviendra donc une insulte. Elle ne convaincra que ceux qui savent s'abolir en face d'une puissance, et ceux qui aiment plus qu'ils n'admirent. Elle ne récoltera ni électeurs ni admirateurs. Elle ne se fera que des amis.

★

Si le sauvage éprouve la crainte, il sculpte un dieu de la crainte, et demande à ce dieu de lui enlever la crainte. Il craint ce dieu né de sa crainte. Il expulse sa crainte sous forme d'objet qui devient œuvre par l'intensité de cette crainte et tabou parce que cet objet, venu d'une faiblesse morale, se change en une force qui lui ordonne de se réformer. Voilà pourquoi une œuvre, née d'une morale particulière, se détache de cette morale, n'y puise que l'intensité propre à souvent convaincre en sens inverse, et même à modifier chez l'artiste les sentiments qui furent son origine.

Certains philosophes s'interrogent pour savoir si les dieux sont nommés par l'homme ou s'ils inspirent à l'homme de les nommer, bref, si le poète invente ou s'il reçoit des ordres supérieurs à son sacerdoce.

C'est la vieille rengaine de l'inspiration, qui n'est qu'expiration, puisqu'il est vrai que le poète reçoit des ordres, mais qu'il les reçoit d'une nuit que les siècles accumulent en sa personne, où il ne peut descendre, qui veut aller à la lumière, et dont il n'est que l'humble véhicule.

C'est ce véhicule qu'il devra soigner, nettoyer, huiler, surveiller, contrôler sans cesse, afin de le rendre apte au service étrange qu'on lui demande. Et c'est le contrôle de ce véhicule (qui ne doit jamais s'assoupir) que j'appelle morale particulière et aux exigences duquel il importe de se soumettre, principalement lorsque tout semble prouver que cette obéissance ingrate n'attire que réprobation.

Renoncer à la modestie qu'une telle obéissance implique serait vouloir créer de son propre chef, substituer l'ornemental à l'implacable, se juger supérieur à sa ténèbre et, sous prétexte de plaire, obéir à autrui au lieu de lui imposer les dieux qui nous habitent et de l'obliger à y croire.

Il arrive que cette modestie nous attire la haine des incrédules, nous fasse accuser d'orgueil, d'artifice et d'hérésie, nous conduise jusqu'à être brûlé en place publique.

Peu importe. Nous ne devons pas nous écarter une seconde d'une tâche d'autant plus abrupte qu'elle n'a pour elle que d'être inévitable, qu'elle nous demeure incompréhensible, et ne nous apporte aucune espérance.

Seule la race éprise de gloriole, mettra son espérance dans une justice posthume qui ne saurait réconforter un poète, peu crédule en ce qui concerne l'éternité terrestre, et seulement attentif à se maintenir en équilibre sur le fil dont la grande occupation de ses compatriotes est de le faire choir.

Ce doit être ce fil au-dessus du vide qui nous fait traiter d'acrobates, et le passage de nos secrets à la lumière, véritable travail d'archéologue, qui nous fait prendre pour des prestidigitateurs.

J'ai quitté Paris. On y cultive la méthode de tortures du Mexique. La victime est enduite de miel. Après quoi les fourmis la mangent.

Par chance, les fourmis s'entre-dévorent, ce qui permet de mettre les voiles.

J'ai abandonné les routes de neige grise, et j'arrive dans le jardin de cette villa Santo Sospir que j'ai tatouée comme une personne vivante, véritable havre, tellement la jeune femme qui la possède a su la barricader de solitude.

L'air a bonne mine. Les citrons tombent sur l'herbe. Mais, hélas! Paris colle à l'âme, et je traîne encore un fil noir. Il faudra de la patience, attendre que la colle sèche, se croûte, se détache d'elle-même. L'iode et le sel s'en chargent. Se décollera ensuite la crasse calomnieuse dont je suis recouvert.

Le régime commence. Peu à peu c'est le bain d'Oreste. La peau de l'âme redevient propre.

★

Je suis, sans doute, le poète le plus inconnu et le plus célèbre. Il m'arrive d'en être triste, parce que la célébrité m'intimide et que je n'aime susciter que l'amour. Cette tristesse doit venir de la boue qui nous imprègne et contre laquelle je m'insurge. Mais, si j'y réfléchis, je moque ma tristesse. Et je pense que ma visibilité, construite de légendes ridicules, protège mon invisibilité, l'enveloppe d'une cuirasse épaisse, étincelante, capable de recevoir impunément les coups.

Lorsqu'on croit qu'on me blesse, on blesse une personne étrangère que je ne voudrais pas connaître, et lorsqu'on pique des épingles dans une statuette de cire qui me représente, cette statuette me figure si mal, que la sorcellerie se trompe d'adresse et ne m'atteint pas. Non point que je me vante d'être hors d'atteinte, mais qu'une destinée curieuse ait trouvé le moyen de mettre hors d'atteinte le véhicule que je suis.

Jadis l'artiste était entouré d'une conspiration du silence. L'artiste moderne est entouré par une conspiration du bruit. Rien dont on ne discute et qu'on ne dévalorise. Un vertige d'autodestruction s'est emparé de la France. Comme Néron, elle se suicide en s'écriant : *Quel artiste je tue*! Elle met son point d'honneur à se détruire, et son orgueil à piétiner son orgueil. Sa jeunesse s'entasse dans des caves et oppose une résistance légitime au mépris qu'on a d'elle, sauf lorsqu'on l'envoie se battre.

Au milieu d'un tel babélisme, le poète devra se

féliciter de construire et conduire sa morale avec la solitude d'un innocent qui reste sourd au procès qu'on lui intente, ne cherche pas à prouver son innocence, s'amuse des crimes qu'on lui impute, et accepte son verdict de mort.

Car cet innocent se rend compte que l'innocence est coupable par défaut et qu'il vaudrait mieux être accusé d'un vrai crime dont se plaide la cause, que de l'être injustement de crimes imaginaires contre l'irréalité desquels la réalité ne possède aucun recours.

L'art consacre le meurtre d'une habitude. L'artiste se charge de lui tordre le cou.

Notre époque confuse se trouve prise, par exemple, au piège des peintres, parce que l'habitude lui est venue peu à peu de comparer un tableau à d'autres tableaux, au lieu de comparer un tableau avec le modèle. Il en résulte que l'intensité de l'opération qui change un modèle en œuvre lui demeure lettre morte. Elle n'éprouve que le choc d'une nouvelle ressemblance. Celle que les tableaux non figuratifs présentent entre eux (à son estime) par le seul fait qu'ils évitent la vieille ressemblance, et ces tableaux la rassurent par une non-représentation qu'elle *reconnaît* et qu'elle croit être une victoire sur la représentation. Alors que Picasso nous communique la même intensité, soit qu'il lui plaise de défigurer magnifiquement la face humaine, soit qu'il la figure telle qu'elle est. On excuse Picasso à cause de l'étendue de son registre et parce qu'on accepte une halte dans sa course, mais il est le seul à se le permettre. Cela conduit à entendre des phrases comme celle d'un jeune homme qui venait de voir à Vallauris ses dernières toiles et me téléphonait : « Toiles très étonnantes bien que figuratives. »

Un tel jeune homme sera fermé à l'audace du peintre qui contredira demain un cyclone par un calme, renouvellera le figuratif par une intensité subversive inapparente, et par une révolte contre des habitudes assez fortes pour qu'aucun peintre n'ose encore se résoudre à devenir la victime de cet événement. On ne manquera pas, s'il l'ose, de le confondre avec un retardataire, alors qu'il fera preuve d'un héroïsme supérieur.

La morale de cette future victime devra donc être intense puisque son œuvre ne bénéficiera pas des attributs conventionnels du scandale, que son scandale consistera justement à n'en pas faire.

J'ai personnellement connu cette solitude depuis que j'ai sauté l'obstacle qui me dissimulait mon chemin. (Je courais déjà les mauvaises routes.) Ce saut fut davantage une chute au milieu de collègues qui le considérèrent d'abord comme l'escalade d'une clôture de propriété privée, à chiens méchants [1].

1. Ayant beaucoup fréquenté la chambre de Marcel Proust, à l'âge où je n'étais pas plus avancé que lorsqu'il écrivait les *Plaisirs et les Jours*, je le vis, ce que je trouvais normal, me traiter comme si j'eusse sauté ce stade et m'étais engagé sur la route pénible où je devais m'engager un jour et où il s'était engagé lui-même. Sans doute, Proust, unique à démêler l'architecture d'une vie, en savait-il plus long que moi sur cet avenir que tout me cachait, d'autant plus que je croyais mon présent de premier ordre, alors que, plus tard, je devais le considérer comme une suite de fautes graves. L'explication de son indulgence à mon égard se trouve à la page 122 d'*A l'ombre des Jeunes Filles en fleur*.

C'est pourquoi tant de lettres de Proust me semblaient

Cette solitude dure et je m'en arrange. Chaque fois l'œuvre s'oppose à ce qui compte. Elle naît suspecte [1].

Le disparate de mes entreprises m'a sauvé d'être une habitude. Ce disparate a déjoué les esprits inattentifs suivant ces modes extrêmes qui se vantent de n'en pas être. Il a fait croire que je profitais de ces modes sans les comprendre, alors que je les contredisais par le livre, le théâtre ou le film, en face d'une élite aveugle et sourde. Car la foule, en se désindividualisant, ne repousse jamais l'individualisme et se laisse volontiers pénétrer, dans une salle, par une idée qui la révolterait dans une chambre. Non soumise à des snobismes, elle m'a presque toujours flairé. Dans le domaine du théâtre et du film, bien entendu. Une salle payante ne préjuge pas, s'électrise coude à coude, s'ouvre toute grande, ne s'isole pas du spectacle comme le spectateur invité, lequel porte un uniforme imperméable à toute grâce.

Je passai donc pour velléitaire et pour m'éparpiller, alors que je tournais et retournais ma lanterne, afin d'éclairer sous des angles nombreux différentes faces de la solitude des êtres et du libre arbitre.

incompréhensibles, baignant déjà dans un futur qui lui apparaissait et qui ne pouvait m'apparaître.

Sa chambre était une chambre noire où il développait des clichés dans un temps humain où l'avenir et le passé se chevauchent. Je profitais de ce développement, et il m'arrive de regretter d'avoir connu Marcel à une époque où, malgré mon respect pour son œuvre, je n'étais pas encore digne d'en jouir.

1. Je fus dressé à cette école par Raymond Radiguet, il avait alors quinze ans. Il disait : « Il faut écrire des romans *comme tout le monde*. Il faut contredire l'avant-garde. C'est actuellement la seule position maudite. La seule position valable. »

Le libre arbitre est le résultat d'une coexistence infinie de contraires qui s'épousent, se nattent, ne forment qu'un. L'homme s'estime libre de choisir, parce qu'il hésite entre des alternatives qui sont d'un bloc, mais qu'il isole à son usage. Prendrai-je à droite ou à gauche? Cela est pareil. L'une et l'autre route s'ajustent et paraissent sournoisement se contredire. C'est la raison pourquoi l'homme s'interroge sans cesse, se demande s'il a raison ou tort, lorsqu'il n'a ni tort ni raison et que, sans être libre, il paraît choisir une des directives antagonistes dont le nœud compliqué tisse sa trame fixe et d'apparence successive.

J'ai remarqué que mon invisibilité risquait de devenir visible à distance, dans des pays où l'on me juge par l'entremise d'œuvres même mal traduites, au lieu que, dans mon propre pays, on juge mes œuvres à travers une personnalité qu'on me forge.

Mais tout cela reste vague. En toute franchise, je crois que le visible joue un rôle dans l'intérêt qu'on me porte au loin et que ma fausse personnalité intrigue. Je m'en aperçois lorsque je voyage et que mon contact déconcerte, tellement il est en contradiction avec mon affiche.

En fin de compte, mieux vaut que je renonce à démêler ce brouillamini. Car la mise en marche du véhicule-personne et du véhicule-œuvre n'est pas simple et les œuvres imitent la furieuse liberté de toute progéniture, ne rêvant que de courir le monde et de s'y prostituer.

Mille dangers menacent la naissance des œuvres, à l'intérieur et à l'extérieur. L'individu est une nuit constellée de cellules qui baignent dans un support de fluide magnétique. Elles gravitent à l'égal de ces cellules vivantes ou mortes que nous appelons astres, et dont les espaces qui les séparent se retrouvent en nous.

Le cancer proviendrait, paraît-il, d'un désordre de notre fluide magnétique (de notre ciel) et d'une paille dans le mécanisme astral soutenu par ce fluide.

Un aimant dispose la limaille de fer selon un dessin impeccable, pareil à ceux du givre, des taches de l'insecte et de la fleur. Interposez un corps étranger (une épingle à cheveux, par exemple) entre une des branches de l'aimant et la limaille, le dessin s'organise, sauf sur une place *qui ne correspond pas à l'endroit de l'épingle,* mais provoque une anarchie locale de la limaille qui s'amasse en désordre sur un point mort.

Où trouver en nous l'épingle qui s'interpose? Notre dessin interne est, hélas! trop mouvant, trop innombrable, trop subtil. Si notre pouce n'était pas fait d'espaces interstellaires, il pèserait plusieurs milliers de tonnes. Cela rend la recherche délicate. Le phénomène (puisque le mécanisme universel est un, doit être fort simple, et sa matière composée d'une triade kaléidoscopique) [1] sera donc

1. Il est possible qu'en inventant le kaléidoscope on ait mis le doigt sur un grand secret. Car ses combinaisons infinies proviennent de trois éléments en apparence étrangers les uns aux autres. Une rotation. Des bouts de verre. Un miroir. (Le miroir organise les deux éléments rotation et bouts de verre).

analogue dans nos domaines où la moindre paille risque de provoquer une anarchie des idées, de désorganiser l'architecture atomique et gravitante que devrait être l'œuvre d'art.

Le moindre corps étranger sur une des branches de l'aimant, et notre œuvre se cancérise.

Heureusement que l'organisme se met à rebrousse-poil, dès que notre esprit vagabonde. Il nous évite parfois le mal qui rongerait une œuvre et en détruirait les tissus. J'ai raconté dans *Opium* comment mon roman *les Enfants Terribles* m'avait laissé en panne parce que je m'étais mêlé de « vouloir l'écrire ».

Il est fréquent qu'une épingle, qu'on ne constate pas à l'origine, provoque dans la destinée de l'œuvre écrite, par une anarchie quasi cellulaire, une véritable maladie de circonstances, et que les livres trahissent ce qu'en attendait leur auteur.

La moindre initiative, outre les obstacles imprévisibles de notre fluide, menace de desservir les forces occultes qui nous veulent passifs et cependant actifs et attentifs à leur assurer une configuration soumise à l'échelle humaine. On devine quel contrôle nous devons exercer dans ce demi-sommeil entre la conscience et l'inconscience, contrôle qui risque d'être trop vigilant, ce qui ôterait à l'œuvre sa transcendance, ou trop faible, ce qui la laisserait au stade du rêve et la priverait du contact humain.

L'homme est un infirme. Je veux dire qu'il est limité par des dimensions qui le finissent et l'empêchent de comprendre l'infini où les dimensions n'existent pas.

C'est, plus que par la science, par la honte que lui inflige cette infirmité et la hantise d'en sortir, qu'il arrive à concevoir l'inconcevable. Du moins, à admettre que le mécanisme, où il occupe une place modeste, n'a pas été machiné à son usage [1].

Il commence même à reconnaître que l'éternité ne saurait avoir été ni devenir, qu'elle est fixe en quelque sorte, qu'elle *est*, qu'elle se contente *d'être*, que les minutes valent des siècles et les siècles des minutes et qu'il n'y a ni minutes ni siècles, mais une immobilité vibrante, grouillante, terrifiante, contre laquelle son orgueil se cabre, au point qu'il en était arrivé à croire que son habitacle était le seul et qu'il en était le roi.

Il déchante, mais repousse le soupçon que son habitacle est une poussière de la voie lactée. Il répugne à la certitude pénible que nos cellules sont aussi distantes en nous et ignorantes de nous que les étoiles. Il lui est désagréable de se dire qu'il habite peut-être sur la croûte encore tiède d'un tison sauté du soleil, que ce tison refroidit fort vite et qu'une certaine perspective illusoire allonge cette vitesse jusqu'à la durée de plusieurs milliards de siècles. (De ce genre de perspectives, je reparlerai plus loin.)

C'est sa lutte contre un pessimisme compréhensible qui l'a fait inventer quelques jeux pour se

1. D'après Calligaris, une certaine acuponcture (par exemple du froid sur la face postérieure de la jambe droite, environ à 2 cm. 1/2 à l'intérieur de la ligne axiale, et en un plan qui passe à 3 ou 4 cm. au-dessous de la moitié de cette jambe) déclenche des réflexes, aptes à nous faire prendre le temps-espace en flagrant délit de mensonge, donne l'illusion que le sujet est devenu visionnaire. On constate dans la suite que les choses qu'il annonçait se produisent.

distraire pendant son voyage entre la naissance et la mort.

Même s'il est croyant (et peu digne de récompenses ou de punitions disproportionnées avec ses mérites), son principal remède contre le pessimisme est de croire que le terminus du voyage lui réserve une apothéose ou des supplices qu'il préfère encore à l'idée de n'être plus rien.

Pour vaincre son malaise d'appartenir à l'incompréhensible, il tâche de le rendre compréhensible et, par exemple, de mettre sur le compte du patriotisme des hécatombes dont il veut être responsable et qui ne sont qu'une fâcheuse tendance de la terre à secouer ses puces et à soulager ses démangeaisons.

Cela est si vrai que la science, qui soigne les pestes de la main droite, invente, de la main gauche, des armes destructives vers la nécessité de quoi l'entraîne la nature qui ne demande pas qu'on sauve ses victimes, mais qu'on l'aide à en faire davantage, jusqu'à ce qu'elle équilibre sa masse de cheptel humain, comme elle équilibre la masse de ses eaux.

Par chance, longues paraissent être les courtes périodes entre les tics dont la terre, par une grimace, bouleverse sa configuration continentale, change ses profils, les profondeurs des mers et l'altitude des montagnes.

La nature est naïve. Maurice Maeterlinck nous rapporte comment une plante très haute fabriquait un parachute pour sa graine et s'obstine à le fabriquer maintenant que la dégénérescence en a fait une plante naine. J'ai vu, au cap Nègre, un oranger sauvage, devenu domestique, redevenir sauvage et se hérisser de longues épines sur la petite surface menacée par l'ombre d'une palme. Le moindre soleil suffit à duper la sève qui s'expose étourdiment au moindre gel. Et ainsi de suite.

La faute dut être de chercher à comprendre ce qui se passe à tous les étages de la maison.

Cette curiosité préadamique nous vaut le progrès, qui n'est qu'un entêtement dans une erreur élective, propre à épanouir cette erreur jusqu'à ses ultimes conséquences.

On s'étonne, sur un globe acharné à sa perte, que l'art y survive, et que ses manifestations qui devraient passer pour luxueuses (et que certaines mystiques veulent, de ce fait, abolir) conservent ses prérogatives, intéressent tant de monde et soient devenues bourse d'échange. Le milieu de l'argent s'étant aperçu que la pensée pouvait se vendre, des gangs s'organisent afin d'en tirer profit. Les uns pensent les œuvres, les autres à les exploiter. Il en résulte que l'argent devient plus abstrait que l'esprit. Il est rare que l'esprit en profite.

Epoque où les escrocs jonglent avec une basse invisibilité qui s'appelle la fraude.

« Le fisc me vole. Je volerai le fisc », ainsi raisonne l'intermédiaire. Son imagination dépasse celle de l'artiste qu'il exploite. Il devient un grand artiste en son genre. Il sauve l'équilibre qui ne règne que par déséquilibre et par échanges. S'il ne fraudait pas, le sang d'une nation qui thésaurise se figerait et cesserait de circuler.

La nature commande. Les hommes lui désobéissent. Elle arrive à les mettre au pas en employant leurs ruses pour inégaliser des niveaux qui tendent à s'aplanir. Elle est rusée comme une bête féroce. Egalement éprise, semble-t-il de vie et de meurtres, elle ne songe qu'à son ventre et à poursuivre une tâche invisible dont la visibilité démontre sa totale indifférence aux détresses de l'individu. Les individus ne l'entendent pas de la sorte. Ils se veulent responsables et sensibles. Par exemple lorsqu'une vieille femme reste prise sous des décombres, lorsqu'un sous-marin coule, lorsqu'un spéléologue tombe dans une crevasse, lorsqu'un avion se perd dans les neiges. Lorsque le désastre a figure humaine. *Lorsqu'il leur ressemble.* Mais, lorsque le désastre ajoute des zéros à un chiffre, lorsqu'il est anonyme, lorsqu'il se désindividualise, les individus s'en désintéressent, sauf s'ils redoutent que ce désastre ne déborde la zone anonyme où ils le relèguent et menace leur propre destin.

Il en va de même chez l'aviateur qui bombarde un monde réduit à une échelle exigeant un effort imaginatif pour rejoindre l'échelle humaine. L'inhumanité de ceux qui lancent les bombes vient de ce qu'ils ne conçoivent plus cette échelle et croient bombarder quelque jouet où l'individu ne pourrait vivre ni se mouvoir.

Il arrive que l'imagination humaine de ces aviateurs travaille, à la minute où ils s'apprêtent à détruire inhumainement. Le livre des pilotes qui lancèrent les bombes sur Hiroshima et Nagasaki en donne l'exemple [1]. Mais eux aussi agissaient par ordre, et cet ordre en répercutait d'autres qui relèvent de l'invisible et servent le mécanisme dont je m'occupe, mécanisme qui brouille les cartes de la responsabilité.

Seulement, la responsabilité oblige l'homme, outre l'orgueil, à s'estimer responsable et à servir encore l'invisibilité en se cherchant des excuses. Car, s'il offre de supprimer les armes atomiques, ce n'est pas pour rendre la guerre impossible, c'est pour la rendre possible. La nature qui se dévore lui souffle ce conseil jusqu'à ce qu'elle arrive à le convaincre que l'arme atomique écourterait ses malheurs.

On imagine, selon ma ligne, le danger (quant à nous) d'un mariage bancal des ordres secrets et des ordres factices qu'on y superpose. La nature elle-même (assez obtuse) ne s'y retrouve pas, perdant ses directives en zigzags qui conduisent à des chutes dont elle se relève parmi nos cadavres, pour reprendre sa route d'animal têtu.

Les astrologues ne manquent pas de mettre ces chutes sur le compte de l'influence des astres, alors qu'elles viennent de ce que nous contenons des astres, que nous sommes une nébuleuse, et que leurs calculs seraient aussi valables s'ils troquaient leurs télescopes contre des microscopes et les dirigeaient en eux-mêmes où ils découvriraient peut-être les signes astrologiques de notre esclavage.

1. Les lance-bombes se nommaient M. Miller et A. Spitzer. Leur appareil, *The Great Artist.*

Esclavage relatif, sur lequel il importe de revenir.

Nous nous mêlons beaucoup de nous-mêmes. Il est trop simple de profiter de cette décharge et trop facile de se prétendre irresponsable des actes qui dérangent ceux qu'on attend de nous (qui désobligent nos ténèbres).

Quelles furent mes fautes dans l'orchestre de blâmes qui me casse les oreilles? N'y ai-je point donné prise?

Le moment est venu de descendre des hauteurs. Puisque je m'adresse aux amis qui me lisent, peut-être leur dois-je de me regarder en face, de passer du rôle d'accusateur au rôle d'accusé. Peut-être est-il juste que je m'accuse.

De quoi? D'innombrables fautes qui ne se contentent pas de tourner contre moi les foudres extérieures, mais les foudres intérieures. D'innombrables petites fautes, désastreuses lorsqu'on a décidé de n'en pas commettre et de respecter sa morale.

J'ai souvent glissé sur la pente du visible et attrapé la perche qu'il me tendait. Il me fallait être dur. J'étais faible. Je me croyais hors d'atteinte. Je me disais : ma cuirasse me protège, et je n'en réparais pas les fentes. Elles devenaient des brèches ouvertes à l'ennemi.

Au lieu de comprendre que le public est formé d'animaux à quatre pattes qui claquent leurs pattes de devant l'une contre l'autre, je me laissais séduire par les applaudissements. Je me répétais qu'ils sont la balance des cabales. Je commettais le crime de m'affecter des injures et de considérer les louanges comme un dû.

Avais-je la santé, je le trouvais naturel, et

n'économisais pas mes forces. Tombais-je malade, je le trouvais insupportable et me révoltais contre le sort.

Tout cela coïncide fort peu avec une morale inflexible. Le dégoût que je tirais de m'en rendre compte me jetait dans un pessimisme dont je donnais le spectacle à mes amis. Je les démoralisais. Je m'obstinais à les convaincre de leur impuissance à me guérir. Travail ignoble dans lequel je m'acharne jusqu'à ce que la colère de l'invisible se déchaîne, me fasse honte. Et cela d'une minute à l'autre, de telle sorte que mes amis se demandent si je ne les tourmentais pas gratuitement.

Sous ce soleil de la côte où je séjourne, j'ai lancé de l'ombre autour de moi. Depuis que je lance de l'encre, je retrouve du calme, sauf lorsque je cherche si cette encre sort de mon porte-plume ou de mes veines. Alors le pessimisme gagne. L'optimisme recule. J'attribue le retour du pessimisme aux libertés que j'essaye de prendre avec mon travail. J'attriste mon entourage. Comme je me le reproche, je me crispe, au lieu de me détendre, ce qui serait la moindre des délicatesses du cœur.

La poste arrive. C'est un paquet de la ville. Cent enveloppes s'échappent, timbrées de tous les pays. Mon pessimisme n'a plus de bornes. Quoi? Il va falloir lire toutes ces lettres et y répondre. Je n'ai jamais eu de secrétaire. J'écris moi-même et j'ouvre moi-même la porte du vestibule. On entre. N'est-ce pas un funeste goût de plaire qui me pousse? N'est-ce pas la crainte qu'on s'éloigne? Et la lutte commence entre l'angoisse de perdre mon temps et le remords des lettres qui demeurent en souffrance, au sens propre du terme.

Si je réponds, il y aura réponse à ma réponse. Si je cesse de répondre, reproches. Si j'évite de répondre, griefs. Ma certitude est que mon cœur l'emporte. Je me trompe. Car c'est une faiblesse qui l'emporte sur les vrais devoirs de mon cœur. Ne me dois-je pas à mes proches? Ce temps leur est pris. Je le vole, en outre, aux forces dont je suis le domestique. Elles se vengent de ce que je m'ajoute des besognes en marge de mon engagement.

C'est une drôle de marmelade. Et je m'accuse de me mêler des affaires d'une force qui se veut occulte, de prononcer des paroles imprudentes, de me griser de monologues, de me livrer à d'interminables parlotes où je me perds.

Et je prends ma défense : Cette débauche de paroles n'est-elle pas la seule méthode pour m'exciter au vertige d'écrire, puisque je n'ai pas d'intelligence véritable? Si je n'excite pas la machine, il m'arrive de végéter, de ne penser à rien. Ce vide m'épouvante et me jette dans les discours.

Ensuite de quoi je me couche. Au lieu de me sauver par la lecture, je me sauve dans le sommeil, dans les rêves que j'ai d'une complication extrême, d'une irréalité si réaliste qu'il m'arrive de les confondre avec le réel.

Tout cela contribue à rendre confuses les frontières de la responsabilité et de l'irresponsabilité, du visible et de l'invisible.

J'en arrive à me demander si je ne suis pas tout simplement bête, si cette intelligence qu'on m'accorde (et qu'on me reproche) n'est pas un mirage venant l'on ne sait d'où.

D'intuitions en intuitions, d'obéissances en obéissances, de désobéissances en désobéissances, de crises de courage en crises de courage, de crises de lassitude en crises de lassitude, de maladresses en maladresses, d'adresses en adresses à me reprendre acrobatiquement au milieu d'une chute dans mes escaliers, me voilà stupide, indéchiffrable pour autrui et pour moi-même, pareil à ces princes qui paradent et savent dormir les yeux ouverts.

N'ai-je pas confondu la rectitude avec l'obéissance passive qui colle notre roue à celle de nos faiblesses? N'ai-je pas infligé à ma morale un chemin mort, un cul-de-sac où l'intelligence refuse de me suivre? N'ai-je pas laissé ma barque dériver sous prétexte qu'il fallait mal conduire sa barque? N'ai-je pas échoué sur une île déserte? Refuse-t-on de me voir ou ne voit-on pas mes signaux?

Je ne suis pas en enfance, mais presque. Mon enfance est interminable. C'est ce qui fait croire que je reste jeune, alors que la jeunesse et l'enfance ne se peuvent confondre. Picasso dit : *On met très longtemps à devenir jeune.* La jeunesse chasse notre enfance. A la longue, l'enfance reprend ses droits.

Ma mère est morte en enfance. Et non pas tombée en enfance. Elle était une vieille enfant fort vive. Elle me reconnaissait, mais *son* enfance me situait dans la *mienne*, sans que, comme de juste, nos deux enfances concordassent. Une vieille petite fille, assise au centre de ses actes de petite fille, interrogeait un vieux petit garçon sur son collège, et lui recommandait d'y être sage le lendemain.

Il est possible que cette longue enfance, qui se déguise en grande personne, me vienne de ma mère, à qui je ressemble, et soit la cause de tous mes malheurs. Il est possible que l'invisible en use. Elle me vaut, sans doute, certaines trouvailles propres aux enfants chez qui le sens du ridicule n'existe pas. Les mots qu'on cite d'eux sont proches des dissociations des poètes, et j'en sais que je me féliciterais d'avoir dits.

Mais nul ne veut admettre en nous un mélange d'enfance et de vieillesse, sauf sous forme de gâtisme. Cependant, je suis fait de cette pâte. Il arrive qu'on me gronde, qu'on me tarabuste, sans se rendre compte qu'on adopte à mon adresse le style des familles avec les enfants.

On m'a dans les jambes ce qui s'appelle. Sans doute est-ce assez pour qu'on accuse mon chou d'empoisonner ma chèvre, après avoir accusé ma chèvre d'avoir mangé mon chou.

Voilà l'homme. Voilà un véhicule dont l'emploi n'est pas commode. Il est normal que cet homme-véhicule agace cette nuit qui cherche à prendre forme, et que j'entrave par imbécillité.

Ici même, sous ce soleil de Nice, soleil qui m'est parfois soleil noir, selon que je penche à droite ou à gauche, je redeviens le pessimiste-optimiste que j'ai toujours été.

Je me demande s'il me serait possible d'être autrement, et si ma difficulté d'être, si ces fautes qui entravent ma démarche, ne sont pas ma démarche même et le regret de n'en pas avoir une autre. Destinée que je dois subir comme mon physique. De là, ces accès de pessimisme et d'optimisme, dont la conjugaison m'étoile. Systole et diastole du rythme universel.

Et cela nous incline à nous attrister dès morts et à nous réjouir des naissances, alors que notre véritable condition est de n'être pas.

Notre pessimisme émane de ce vide, de ce non-vivre. Notre optimisme, d'une sagesse qui nous conseille de profiter de la parenthèse que ce vide nous offre, d'en profiter sans chercher la solution d'un rébus dont l'homme n'aura jamais le dernier mot, pour la bonne raison qu'il n'y a pas de dernier mot, que notre système céleste n'est pas plus durable que notre ciel interne, que la durée est une fable, que le vide n'est pas vide, que l'éternité nous donne le change et nous présente un temps qui se déroule, alors que le bloc de l'espace et du temps explose, immobile, loin des concepts d'espace et de temps.

Somme toute, l'homme se rengorge, et nul n'oserait prétendre que notre système tient peut-être dans une pointe d'épingle ou dans l'organisme d'un individu. Seul Renan l'a osé, avec une petite phrase assez funeste : *Il se pourrait que la vérité fût triste.*

L'art devrait prendre exemple sur le crime. Le prestige que le criminel exerce ne s'exercerait pas s'il ne devenait visible, s'il ne manquait pas son coup. Sa gloire est sous condition de perdre, à moins qu'il ne cambriole ou ne tue pour la gloire de perdre et ne puisse admettre le crime sans l'apothéose du châtiment.

L'énigme du visible et de l'invisible garde son élégance d'énigme. Il est impossible de la résoudre dans un monde que l'actualité fascine et qui ne possède aucun recul. Elle ne favorise pas le commerce. Elle obéit à un rythme en contradiction avec le rythme social, puisque le rythme social est un rythme ancien qui se maquille. Jamais la vitesse n'a été plus lente. Mme de Staël se déplaçait d'un bout à l'autre de l'Europe plus rapidement que nous, et c'est en huit jours que César conquit les Gaules.

Il m'est difficile d'écrire ce chapitre. Notre langue française étant faite de plusieurs langues différentes, il nous arrive d'être aussi mal entendus en France que si nous écrivions une langue étrangère. Je connais des gens qui répugnent à lire Montaigne et s'y perdent, alors qu'il me parle une langue où le moindre mot signifie. Par contre, il m'arrive de m'y reprendre à deux fois pour pénétrer le sens d'un article de journal. J'ai peu de vocables à mon service. Je les amalgame jusqu'à ce que j'en obtienne une espèce de signification. Mais la force qui m'inflige d'écrire est impatiente. Elle me bouscule. Cela ne facilite pas ma besogne. En outre, j'évite les termes dont se servent les savants et les philosophes, termes qui composent encore une langue étrangère, difficile à suivre pour ceux auxquels je m'adresse. Il est vrai que ceux auxquels je m'adresse possèdent leur langue qui n'est pas la mienne. L'invisible y trouve son compte : aussi le pessimisme. Car il advient qu'on se veuille mêler aux rondes joyeuses et qu'elles ne se détournent pas de nous.

★

Si ce livre tombe sous les yeux de quelque jeune homme attentif, je lui conseille de se freiner, de relire une phrase lue trop vite, de songer au mal que je me donne afin de capter des ondes qui dédaignent la confusion des milieux dont il souffre et qu'il tâche de fuir. Je lui demande d'essayer de fuir ce pluriel qui le rebute, dans ce singulier que lui offre sa propre nuit. Je ne lui dis pas, comme Gide : « Pars, quitte ta famille et ta maison. » Je lui dis : « Reste et sauve-toi dans tes ténèbres. Inspecte-les. Expulse-les au grand jour. »

Je ne lui demande pas de s'intéresser à mes ondes, mais d'apprendre, au contact du véhicule qui les émet, à s'en fabriquer un qui lui soit propre et apte à émettre les siennes. Car la structure d'un véhicule est ce qui manque à l'élan juvénile. Je le constate dans les innombrables textes que je reçois.

Il ne faudrait pas confondre la nuit dont je parle et celle où Freud invitait ses malades à descendre. Freud cambriolait de pauvres appartements. Il en déménageait quelques meubles médiocres et des photographies érotiques. Il ne consacra jamais l'anormal en tant que transcendance. Il ne salua pas les grands désordres. Il procurait un confessionnal aux fâcheux.

Une dame de New-York me confiait son amitié pour Marlène Dietrich, et comme je louais le cœur de Marlène, elle me dit : *Ce n'est pas cela, mais elle m'écoute.* Marlène, si patiente, l'écoutait dans une ville qui n'aime ni se plaindre ni être plainte et se bouche les oreilles par un instinct défensif contre la maladie contagieuse des confidences. La dame se vidait économiquement. Par ailleurs, les psychanalystes, en proie aux fâcheux, s'en chargent. Je les approuve de leur prendre cher.

La clef des songes de Freud est fort naïve. Le simple s'y baptise complexe. Son obsession sexuelle devait séduire une société oisive dont le sexe est l'axe. Les enquêtes américaines démontrent que le pluriel reste le pluriel lorsqu'il se singularise et avoue des vices qu'il s'invente. La même niaiserie préside à l'aveu de ses vices et à l'étalage de ses vertus.

Freud est d'accès facile. Son enfer (son purgatoire) est à la mesure du grand nombre. A l'encontre de notre étude, il ne recherche que la visibilité.

La nuit dont je m'occupe est différente. Elle est une grotte aux trésors. Une audace l'ouvre et un *Sésame*. Non pas un docteur ni une névrose. Grotte dangereuse si les trésors nous font oublier le Sésame.

C'est de cette grotte, de cette épave de luxe, de ce *salon au fond d'un lac*, que toutes les grandes âmes s'enrichirent.

La sexualité n'est pas, on le devine, sans y jouer un rôle. Vinci et Michel-Ange le prouvent, mais leurs secrets n'ont que faire avec les déménagements de Freud [1].

1. Le procès du vieil enchanteur, comme dirait Nietzsche, procès où Emile Ludwig joue le rôle de procureur général, n'incrimine ni les découvertes du docteur Breuer, ni les progrès des psychanalystes et des psychiatres. Ils ne cherchent plus leur propre maladie chez les malades. Ils les soignent.

★

Le vautour simulé par les plis de la jupe de la Vierge dans le tableau de Léonard, comme le sac de glands sous le bras du jeune homme de la chapelle Sixtine, sont des exemples des multiples cachettes à quoi se complurent les génies. Pendant la Renaissance, elles ne relèvent pas de complexes, mais d'une volonté malicieuse de déjouer la police dictatoriale de l'Eglise. Elles sont, en quelque sorte, des farces considérables. Elles dénoncent davantage l'enfance conservée par les peintres que des idées fixes. Davantage elles s'adressent aux amis qu'à l'analyste, et ne tirent pas plus à conséquence freudienne que les signatures d'élèves découvertes au microscope dans les oreilles et les narines des femmes de Rubens.

En ce qui concerne le complexe d'Œdipe, Freud coïnciderait presque avec notre ligne (nuit humaine qui nous pousse dans un piège sous prétexte d'en éviter un autre), si Sophocle n'avait pas cru au destin extérieur. Les dieux s'amusent à combiner une farce atroce dont Œdipe est la victime.

J'ai compliqué l'atroce farce dans *la Machine Infernale*, en faisant de la victoire d'Œdipe sur le Sphinx, une victoire postiche née de son orgueil et de la faiblesse du personnage Sphinx, animal mi-divin, mi-féminin, qui lui livre la solution de l'énigme pour lui éviter la mort. Le Sphinx agit comme agira la princesse dans mon film *Orphée*, lorsqu'elle se croit condamnée pour crime de libre arbitre. Le Sphinx, intermédiaire entre les dieux et les hommes, est joué par les dieux qui feignent de le laisser libre, et lui soufflent de sauver Œdipe à seule fin de le perdre.

C'est justement par la trahison du Sphinx que je souligne combien le drame reste extérieur à Œdipe dans l'idée grecque, idée que je développe dans *Orphée.* Les dieux soufflent à la mort d'Orphée de se perdre pour rendre Orphée immortel, aveugle, *et pour le priver de sa muse.*

La faute de Freud est d'avoir fait de notre nuit un garde-meubles qui la discrédite, de l'avoir ouverte alors qu'elle est sans fond et ne peut même pas s'entrouvrir.

On m'a souvent reproché de réserver si peu de place à la nature dans mes ouvrages. C'est, d'abord, que les phénomènes m'attirent plus que ce qui en résulte, que le surnaturel du naturel me frappe avant le reste. Ensuite, que d'autres l'ont fait mieux qu'il ne m'est possible, et qu'il y aurait outrecuidance à croire qu'on y pourrait prétendre mieux que Mme Colette. Sur une aile ou sur un pétale, chez une guêpe ou chez un tigre, c'est le secret de leurs taches qui me pousse à l'écriture. L'envers m'intrigue avant l'endroit. Pente qui m'oblige à jouir vivement des choses sans essayer de communiquer ma jouissance.

Chacun de nous se doit de rester dans ses prérogatives et ne pas empiéter sur celles des autres. Les miennes résident en une tendance à ne me satisfaire que lorsqu'un vide offre une apparence de plein sur ma table.

Voilà toute l'explication de ce journal où ni le pittoresque, ni la science, ni la philosophie, ni la psychologie ne peuvent trouver leur compte.

C'est donc, assis entre deux chaises, que je

rempaille la troisième, cette chaise fantôme dont je parle dans mon préambule.

★

P.-S. — Le goût de la responsabilité. Très vif chez une certaine enfance sujette au mépris de la famille. Cette enfance s'accuse d'actes dont elle n'est point coupable (ce qui reste à prouver. Sa responsabilité pouvant être inconsciente).

Il n'est pas rare que des enfants prennent sur eux les phénomènes qui troublent les maisons hantées. Il n'est pas rare non plus que ces phénomènes se produisent par leur volonté de surprendre, ce qui en expliquerait l'enfantillage. Une force émanerait d'eux, agirait et semblerait ensuite les compromettre en les poussant à avouer aux familles et aux gendarmes ce qu'ils s'imaginent n'être pas de leur chef. Dans le visible et l'invisible, ils veulent jouer un rôle.

Mais la nuit de ces enfants est encore somnolente. La nôtre active. Elle peut concevoir de véritables tumeurs, de monstrueuses grossesses. Elle nous peut féconder de créatures qui relèvent de l'exorcisme, comme le montre le suivant chapitre.

DE LA NAISSANCE D'UN POÈME

> **Mais l'ange dont le poing lui fait mordre la poussière, c'est lui-même.**
>
> SARTRE. *Saint Genet.*

Je viens d'être le champ d'expérience d'un de ces écartèlements à la Ravaillac, tiré par plusieurs chevaux, auxquels nous expose la lutte entre les forces dont nous sommes la place de Grève. Ayant décidé de mettre à l'étude la naissance d'un de mes poèmes *l'Ange Heurtebise*, propre, me semblait-il, à dépeindre les rapports de la conscience et de l'inconscience, du visible et de l'invisible, je m'aperçus que je ne pouvais pas écrire. Les mots se desséchaient, se bousculaient, s'enchevêtraient, s'aggloméraient, s'insurgeaient, à la manière de cellules malades. Ils affectaient sous ma plume des positions qui les empêchaient de s'emboîter et de faire une phrase. Je m'entêtai, mettant cela sur le compte de cette clairvoyance factice que j'essaye d'opposer à ma nuit. J'en arrivai à croire que je ne serais jamais libre, ou que l'âge rouille mon véhicule, ce qui serait pire, puisque libre ou pas libre, je me voyais incapable de prétendre à n'importe quel travail. J'effaçai, déchirai, recommençai. Chaque fois se présentait la même impasse. Je butais chaque fois contre le même obstacle.

J'allais renoncer, lorsque je trouvai mon livre *Opium* qui traînait sur une table. Je l'ouvris au hasard (si j'ose m'exprimer ainsi) et lus un paragraphe qui me renseigna sur mon impuissance. Ma mémoire se trompait, interpolait des dates, forçait des rouages, gauchissait des mécanismes. Une mémoire plus profonde se révoltait sans que j'y prisse garde, et s'opposait à mes erreurs.

Une mauvaise perspective me situait une circonstance avant une autre, alors qu'elle se situait après. Ainsi nos actes passés se télescopent avec le recul, et leur orchestration devient victime d'une fausse note, d'un faux témoignage porté par celui qui plaide sa propre cause.

Avant mon poème *l'Ange Heurtebise*, le signe « ange » ne présentait déjà, dans mon œuvre, aucun rapport avec une certaine imagerie religieuse, même lorsque le Grec Gréco la déniaise, lui donne un sens insolite, et s'attire, en Espagne, les foudres de l'Inquisition.

Ce qui s'en rapproche serait ce que virent les hommes d'équipage de la superforteresse nº 42.7353, après avoir lancé la première bombe atomique. Ils parlent d'une lumière pourpre et d'une colonne de nuances indescriptibles. Les vocables leur manquent. Le spectacle du phénomène reste enfermé en eux.

La similitude entre les mots ange et angle, le mot ange devenant le mot angle si on y ajoute une *l* (ou aile), est un hasard de la langue française, si tant est que le hasard existe en pareilles matières. Mais je savais que ce hasard cesse d'en être un en hébreu, où le mot ange et le mot angle sont synonymes.

La chute des anges symbolise, dans la Bible, la chute des angles, c'est-à-dire, la création tout humaine d'une sphère conventionnelle. Vidée de son âme géométrique, faite d'un enchevêtrement d'hypothénuses et d'angles rectangles, la sphère ne repose plus sur les pointes qui assuraient son rayonnement.

Je savais aussi que c'est de cette âme géométrique qu'il importe d'éviter en nous la chute, et que perdre nos angles ou nos anges est un danger qui menace les individus trop attachés au sol.

Il manque, dans la Genèse, le passage relatif à la chute des anges. Ces fabuleuses et inquiétantes créatures fécondèrent les filles des hommes d'où naquirent les géants. Il en résulte que géants et anges se confondent dans l'imagination juive. Gustave Doré représente à merveille cette avalanche de corps au fond de gorges sauvages qu'ils encombrent de leurs musculatures à la renverse.

D'où vint l'idée visible d'ange? La configuration humaine que prirent ces inhumains? Sans doute du désir chez l'homme de rendre certaines forces compréhensibles, de vaincre une présence abstraite, de l'incarner pour s'y reconnaître un peu, pour en avoir moins peur.

Les phénomènes de la nature : foudre, éclipses, déluge, deviendraient moins funestes s'ils relevaient d'une troupe visible, aux ordres de Dieu.

Les unités de cette troupe, en ressemblant à l'homme, perdraient de ce vague auquel l'esprit répugne, de cet innommable dont les enfants s'épouvantent dans le noir, et qui les jette hors d'haleine jusqu'à une lampe.

C'est dans ce sentiment, mais sans l'ombre d'Apocalypse, que naquirent les dieux grecs. Chacun légitimait un vice ou magnifiait une vertu. Ils circulaient entre terre et ciel, entre l'Olympe et Athènes, comme à travers les étages d'un immeuble. Ils rassuraient. Tandis que les anges durent être une crainte incarnée.

Monstres gracieux, cruels, terriblement mâles et androgynes, voilà l'idée que je me formais des anges, des *angles qui volent;* avant que je n'eusse la preuve que leur invisibilité pouvait prendre figure de poème et se rendre visible, *sans risque d'être vue.*

Ma pièce *Orphée* devait être primitivement une histoire de la Vierge et de Joseph, des ragots qu'ils subirent à cause de l'ange (aide-charpentier), de la malveillance de Nazareth en face d'une grossesse inexplicable, de l'obligation où cette malveillance d'un village mit le couple de prendre la fuite.

L'intrigue se prêtait à de telles méprises que j'y renonçai. Je lui substituai le thème orphique où la naissance inexplicable des poèmes remplacerait celle de l'Enfant Divin.

L'ange y devait jouer un rôle, sous l'aspect d'un vitrier. Mais je ne devais écrire l'acte que beaucoup plus tard, à l'hôtel Welcome de Villefranche, lorsque je redevins libre de déguiser l'ange en cotte bleue, avec ses ailes de vitres dans le dos. Quelques années après, il cessa d'être ange et fut un jeune mort quelconque, chauffeur de la princesse, dans mon film. (C'est pourquoi les journalistes se trompent et l'appellent un ange.)

Si j'anticipe, c'est à seule fin de bien faire comprendre que le personnage de l'ange m'habitait platoniquement, ne m'occasionnait aucun malaise avant le poème, et que, terminé le poème, je l'estimai inoffensif. Je ne conservai que son nom dans la pièce et dans le film. Devenu poème, peu l'intéressait que je m'occupasse ou que je ne m'occupasse pas de lui.

Voici le paragraphe d'*Opium* qui m'ouvrit les yeux sur mon impuissance à écrire ce chapitre. Il date de 1928. Je le situais en 1930.

« Un jour que j'allais voir Picasso, rue La Boétie, je crus, dans l'ascenseur, que je grandissais côte à côte avec je ne sais quoi de terrible et qui serait éternel. Une voix me criait : « Mon nom est sur la plaque », une secousse me réveilla, et je lus sur la plaque en cuivre des manettes : ASCENSEUR HEURTEBISE.

« Je me rappelle que, chez Picasso, nous parlâmes de miracles. Picasso dit que tout était miracle, et que c'était un miracle de ne pas fondre dans son bain. »

A distance, je constate combien m'influença cette phrase. Elle résume le style d'une pièce où les miracles doivent n'en pas être, relever du comique et du tragique, intriguer comme le monde des grandes personnes intrigue les enfants.

Je ne pensais plus à l'épisode de l'ascenseur. Brusquement tout changea. Mon projet de pièce perdit ses contours. Le soir, je m'endormais et me réveillais en sursaut, incapable de retrouver le sommeil. Le jour, je sombrais et trébuchais dans une pâte de songes. Ces troubles devinrent atroces. L'ange m'habitait sans que je m'en doutasse, et il fallut ce nom Heurtebise qui m'obséda peu à peu, pour que j'en prisse conscience.

A force d'entendre ce nom, de l'entendre sans l'entendre, d'entendre sa forme, si l'on peut dire, et dans quelque zone où l'homme ne peut se boucher les oreilles, à force d'entendre un silence criant ce nom à tue-tête, à force d'être traqué par ce nom, je me remémorai le cri de l'ascenseur « Mon nom est sur la plaque », et je nommai l'ange qui se révoltait contre ma sottise, puisqu'il s'était nommé lui-même et que je ne le nommais pas. En le nommant, j'espérais qu'il me laisserait tranquille. J'étais loin de compte. La fabuleuse créature devint insupportable. Elle m'encombrait, se déployait, se démenait, frappait comme les enfants dans le ventre de leur mère. Je ne pouvais me confier à personne. Il me fallait supporter le supplice. Car l'ange me tourmentait sans relâche, au point que j'employai l'opium, espérant le calmer par ruse. Mais cette ruse lui déplut, et il me la fit payer cher.

Aujourd'hui, sur une côte si douce, j'ai peine à revivre les détails de cette période, et ses ignobles symptômes. Nous possédons une faculté d'oublier le mal qui est notre sauvegarde. Seulement notre mémoire profonde veille, et c'est pourquoi nous nous souvenons mieux d'un geste de notre enfance que d'un acte que nous venons d'accomplir. J'arrive, en excitant cette double mémoire, à me remettre dans un état inconcevable pour ceux qui n'exercent pas notre sacerdoce. Et sournoisement, moi qui me vantais d'être libre, en pleine désobéissance envers ce sacerdoce, je me retrouve aux ordres et ma plume court. Plus rien ne la paralyse. Je loge rue d'Anjou. Ma mère est vivante. Je déchiffre mes troubles sur son visage. Elle ne m'interroge pas. Elle souffre. Je souffre. Et l'ange s'en moque. Il se démène diaboliquement. « Faites-vous exorciser, me dira-t-on. Un diable vous habite. » Non, c'est un ange. Une créature qui cherche forme, une de ces créatures dont il semble qu'un autre règne leur défende l'accès du nôtre, que la curiosité les y attire, et qu'elles emploient n'importe quel moyen d'y prendre pied.

L'ange ne se souciait guère de ma révolte. Je n'étais que son véhicule, et il me traitait en véhicule. Il préparait sa sortie. Mes crises accélérèrent leur cadence, et devinrent une seule crise comparable aux approches de l'enfantement. Mais un enfantement monstrueux, qui ne bénéficierait pas de l'instinct maternel et de la confiance qui en résulte. Imaginez une parthénogénèse, un couple formé d'un seul corps et qui accouche. Enfin, après une nuit où je pensais au suicide, l'expulsion eut lieu, rue d'Anjou. Elle dura sept jours où le sans-gêne du personnage dépassait toutes les bornes, car il me forçait d'écrire à contrecœur.

Ce qui s'échappait de moi, ce qui s'inscrivait sur les feuilles d'une espèce d'album, n'avait rien à voir ni avec le gel mallarméen, ni avec la foudre d'or rimbaldienne, ni avec l'écriture automatique, ni avec rien que je connusse. Cela se déplaçait comme les pièces d'échecs, s'organisait comme si le rythme alexandrin se cassait et se reconstituait à sa guise. Cela désaxait un temple, en mesurait les colonnes, les arcades, les corniches, les volutes, les architraves, se trompait, et recommençait ses calculs. Cela givrait une vitre opaque, entrecroisait des lignes, des triangles rectangles, des hypothénuses, des diamètres. Cela additionnait, multipliait, divisait. Cela profitait de mes souvenirs intimes pour humaniser son algèbre. Cela m'empoignait la nuque, me courbait sur ma feuille, et il me fallait attendre les haltes et les reprises de l'insupportable envahisseur, me plier au service qu'il exigeait de mon encre, de cette encre par le canal de laquelle il s'écoulait et se faisait poème. Je me soutenais de l'espoir qu'il me débarrasserait de son encombrante personne, qu'il en deviendrait une autre, extérieure à mon organisme. Peu m'importait son but. L'essentiel était une obéissance passive à sa métamorphose. Une aide serait trop dire car il semblait me mépriser et n'en attendre aucune de moi. Il ne s'agissait plus de dormir ni de vivre. Il s'agissait de sa délivrance et de la mienne, dont il n'avait, du reste, aucun souci.

Le septième jour (il était sept heures du soir), l'ange Heurtebise devint poème et me délivra. Je demeurai stupide. Je considérai la figure qu'il avait prise. Elle me demeurait lointaine, hautaine, totalement indifférente à ce qui n'était point elle. Un monstre d'égoïsme. Un bloc d'invisibilité.

Cette invisibilité construite d'angles qui lancent du feu, ce navire pris dans les glaces, cet iceberg entouré d'eau, restera toujours invisible. Ainsi l'a décidé l'ange Heurtebise. Sa configuration terrestre n'ayant pas le même sens pour lui que pour nous. Il arrive qu'on en disserte ou qu'on en écrive. Il se cache alors sous les exégèses. Il a, comme on dit, plus d'un tour dans son sac. Il voulut pénétrer notre règne. Qu'il y reste.

Lorsque je le regarde, c'est sans rancune, mais je m'en détourne vite. Son gros œil me gêne qui me fixe et ne me regarde pas.

Il me semble remarquable que ce poème étranger me raconte (étranger sauf à ma substance) et que l'ange me fasse parler de lui comme si je le connaissais de longue date et à la première personne. Ce qui prouve que sans mon véhicule, le personnage était inapte à prendre figure et que, pareil aux génies des contes orientaux, il ne pouvait, somme toute, qu'habiter le vase de mon corps. Pour une figure abstraite, la seule manière de devenir concrète en restant invisible, c'est de contracter un mariage avec nous, de se réserver la part la plus grande, de ne nous concéder qu'une dose infinitésimale de visibilité. Et toute celle de réprobation, bien entendu.

Délivré, vide, assez faible, je m'installai à Villefranche. Je venais de me réconcilier avec Strawinsky, dans un sleeping où nous voyagions de conserve. Nous lavâmes notre linge, fort sec et tendu depuis *le Coq et l'Arlequin*. Il me demanda d'écrire le texte d'un oratorio : *Œdipus Rex*.

Il s'était latinisé jusqu'à vouloir que l'oratorio fût en langue latine. Le R. P. Daniélou me seconda dans cette tâche, qui me rappelait le collège.

Strawinsky habitait Mont-Boron avec sa femme et ses fils. Je me souviens d'un adorable voyage dans les montagnes. Février les couvrait d'arbres roses. Strawinsky avait emmené son fils Théodore. Notre chauffeur s'exprimait par oracles, un doigt en l'air. Nous le surnommâmes Tirésias.

C'est pendant cette saison que j'écrivis *Orphée*, et que je le lus dans la villa de Mont-Boron en septembre 1925. Strawinsky réorchestrait *le Sacre* et composait *Œdipus Rex* dont il souhaitait la musique bouclée, disait-il, comme la barbe de Zeus.

Je lui apportais les textes au fur et à mesure. J'étais jeune. Il y avait le soleil, la pêche, les escadres. Après notre travail je rentrais à pied, la nuit, sans fatigue, jusqu'à Villefranche. Heurtebise me laissait tranquille. Il n'était plus qu'un ange de théâtre.

Cependant, je note dans *Opium* les curieuses coïncidences qui accompagnèrent le spectacle Pitoëff en juin 1926. Coïncidences qui s'enchaînaient et devinrent graves au Mexique. Je cite encore *Opium* : « On jouait *Orphée* en espagnol au Mexique. Un tremblement de terre interrompit la scène des Bacchantes, démolit le théâtre et blessa quelques personnes. La salle reconstruite, on redonna *Orphée*. Soudain, un régisseur annonça que le spectacle devait s'interrompre. L'acteur jouant le rôle d'Orphée ne pouvait sortir du miroir. Il était mort en coulisse. »

La pièce, écrite en 1925, allait être représentée en 1926, à mon retour de vacances. La seconde lecture eut lieu chez Jean Hugo, avenue de Lamballe. Après la lecture, dans le vestibule, j'entends encore Paul Morand, qui enfilait son pardessus, me dire : « Tu as ouvert une drôle de porte. Ta drôle de porte n'est pas drôle. Pas drôle du tout. »

Le lendemain, je déjeunais chez Picasso, rue La Boétie. Je me retrouvai dans l'ascenseur. Je regardai la plaque de cuivre. Elle portait la marque Otis-Pifre. Heurtebise avait disparu.

P.-S. — Consulter au sujet des hantises et de la malice (casse de vaisselle et grêle de pierres) qui paraissent être dans certaines maisons l'œuvre d'une force mystérieuse et très stupide, le remarquable livre d'Emile Tizané : *Sur la piste de l'Homme inconnu*. Première étude documentée sur ces petits phénomènes encore inexplicables qui seraient la frange des phénomènes qui nous occupent.

Que fait Picasso sinon de transporter les objets d'une signification dans une autre et de casser la vaisselle? Mais sa maison hantée échappe aux enquêtes de la police. Elle ne relève que de la critique d'art.

Du reste, ces phénomènes perdent beaucoup de mystère à l'Exposition des Arts ménagers de 1952. Une soucoupe de gâteaux se soulève de la table, se promène, et se pose devant les convives. Il est juste de dire que la soucoupe volante captive moins la foule que les gâteaux qu'elle apporte. Seul un enfant regardait avec crainte et n'osait toucher la soucoupe dont il aurait pu être la force motrice.

Ces phénomènes sont souvent à la base du procès qu'on intente aux poètes. Au procès de Jeanne d'Arc, l'état-major se couvre par un évêque, lequel, rejetant l'idée de miracle, accrédite les phénomènes de hantise et de force inconnue. Jeanne en est davantage victime que d'un traquenard de politique étrangère.

Les phénomènes de petite zone que relate Tizané sont la base d'une foule d'enquêtes, de châtiments injustes, de meurtre dans les campagnes. On ne découvre pas le coupable qui s'exprime par la bande et à son insu. On s'entre-soupçonne et, redoutant d'accuser quelque chose, on se soulage en accusant quelqu'un.

DE L'INNOCENCE CRIMINELLE

J'eusse préféré vous entendre plaider coupable. Un coupable on sait par où le prendre. L'innocent nous échappe. Il n'engendre que l'anarchie.

1re version de la scène du Cardinal et de Hans, acte 2, *Bacchus*.

. . . .

LE PRÉSIDENT : Vous êtes accusé de n'être pas coupable. Plaidez-vous coupable?

L'ACCUSÉ : Je plaide coupable.

LE PRÉSIDENT : Avez-vous commis un crime précis et tombant sous le coup de la loi?

L'ACCUSÉ : Je n'ai jamais fait le bien.

LE PRÉSIDENT : Cela n'améliore pas votre cause. Le bien ne se juge pas. Il ne relève pas de la justice. Le mal seul compte à ses yeux, et encore, je le répète, s'il s'exprime sous une forme précise. Or, vous avez fait le mal, de votre propre aveu, d'une manière vague, qui ne saurait vous absoudre. Ne vous vantez pas! Nous avons des témoins et des preuves. Avez-vous tué, volé, trahi?

L'ACCUSÉ : Non, mais...

LE PRÉSIDENT : Nous y voilà.

Gazette des Tribunaux.

J'AVAIS connu, à Aix, en 1940, pendant l'exode, un jeune ménage, fort lié avec une famille qui me donnait asile. C'était un milieu de docteurs. Le docteur M. chez qui je séjournais, logeait en ville. Le docteur F. et sa jeune femme habitaient sur la route une petite maison derrière laquelle une bande de jardins fruitiers et potagers rejoignait la campagne. Cette petite maison avait été celle des parents de la jeune femme. Eux-mêmes la tenaient de leurs parents qui la tenaient des leurs. Cela remontait si loin que cette maison figurait, dans une époque instable, une image de cette continuité dont il subsiste peu d'exemples.

Il nous arrivait souvent de voisiner et de dîner les uns chez les autres.

La jeune femme m'intriguait. Sa beauté, sa gaîté, se fanaient au moindre souffle. Elle se relevait aussi vite. On eût dit qu'elle voyait déferler de loin une onde néfaste, qu'elle la redoutait, et s'efforçait de lutter contre son approche. Elle prenait alors une figure traquée, évoquant par le regard et par le geste, le comportement d'une personne en proie à quelque menace précise. Elle n'écoutait plus, ne répondait plus. Elle vieillissait, d'une manière si visible que son mari ne la quittait pas des yeux, et que nous imitions son silence. Le malaise devenait insupportable. Il nous fallait attendre que les ondes se précisassent, étouffassent leur victime, se dénouassent et disparussent.

Un travail inverse terminait la crise. La jeune femme redevenait charmante. Son mari souriait et parlait. Le malaise faisait place à la bonne humeur, comme si rien n'était survenu d'anormal.

Un jour que je parlais de notre jeune amie avec le docteur M., je lui demandai si elle était une grande nerveuse, ou s'il avait connaissance dans son passé d'un choc qui serait la cause et l'origine de ces symptômes. Si, par exemple, elle avait souffert d'un acte de violence, si une peur ancienne n'était pas à la base de son état.

Le docteur me répondit qu'il le croyait, mais que la seule histoire dont il eût connaissance lui semblait bien lointaine et bien peu concluante. Maintenant, ajouta-t-il, tout est possible. Nous ne savons pas grand-chose de ce qui se passe dans les catacombes du corps humain. Il faudrait un psychanalyste. Or, pour des raisons que vous apprécierez, Mme F. se refuse à l'analyse. Ajoutez à son état qu'elle n'a pas d'enfants, qu'elle en est à sa deuxième fausse couche, et que l'idée seule d'une nouvelle grossesse la jette dans des épouvantes qui n'améliorent pas son désordre.

Voici l'histoire que me raconta le docteur.

Notre jeune femme était fille unique. Son père et sa mère lui passaient ses moindres caprices. Elle venait d'avoir cinq ans lorsque sa mère devint enceinte. La délivrance était proche et il fallut apprendre à la petite fille qu'on attendait un frère ou une sœur.

Vous le savez, on a, hélas! coutume de duper les enfants, de les bercer de fables en ce qui concerne leur naissance. Je trouve ces fables absurdes. Mes enfants savent qu'ils sortent du ventre de leur mère. Ils ne l'en aiment que davantage, et nous leur évitons les découvertes sournoises, les recherches de la vérité entre camarades d'école. Bref, la petite fille qui nous occupe vivait dans le mensonge, et les drames qui suivent viennent de là.

Père et mère se demandaient comment s'y prendre pour préparer une enfant, très jalouse de ses prérogatives, à l'arrivée subite d'un intrus ou d'une intruse, à une obligation de partager l'univers où elle régnait, poussant ce règne jusqu'à refuser chiens et chats qu'on lui offrait, craignant que les parents ne s'y attachassent, ne la privassent d'une parcelle de leur amour.

Ils lui dirent, avec mille réserves, que le ciel leur envoyait un petit garçon ou une petite fille, que l'annonce en était imprécise, mais précises les dates, qu'il fallait se réjouir avec eux de cette grande nouvelle, et que le cadeau céleste devait, sans doute, leur parvenir le surlendemain.

Ils craignaient des larmes. Ils se trompaient. La petite fille ne pleura pas. Son œil devint de glace. Au lieu de pousser des cris, elle les effraya par le mutisme d'une grande personne à qui un notaire apprend sa ruine.

Rien n'est plus incorruptible que la gravité de l'enfance lorsqu'elle se bute. Les parents eurent beau embrasser, cajoler, envelopper la nouvelle de bonnes paroles, les risettes prenaient du ridicule en face de ce mur.

Jusqu'à l'accouchement, la petite fille opposa ce mur à toutes les tentatives. Enfin, l'accouchement accapara l'esprit du couple, laissa la petite fille libre de s'enfermer dans sa chambre et de creuser son amertume.

La jeune femme mit au monde un enfant mort. Son mari la consola, arguant du désespoir de leur petite fille. Elle retrouverait sa joie de vivre si on lui déclarait qu'en fin de compte on avait refusé le cadeau parce qu'il lui faisait de la peine. Cette manœuvre fut un échec. Non seulement la petite ne changea pas d'attitude, mais encore elle tomba malade. Fièvre et délire présentaient les caractéristiques d'une fluxion de poitrine. Le docteur M. demanda si une imprudence n'avait pas été commise. Le docteur F. n'en pouvait découvrir aucune. Il mit son collègue au fait du bouleversement de cette âme. Le docteur M. admettait que ce bouleversement pût déclencher une crise nerveuse, mais qu'il n'expliquait pas la fluxion de poitrine pour laquelle il convenait de soigner la malade selon les règles. On la soigna. On la sauva. Lorsqu'elle fut hors d'affaire, les choses devinrent inexplicables. Aucune marque de tendresse ne parvenait à fondre la glace. La convalescente se consumait. Un mal mystérieux se substituait au mal connu et continuait son œuvre.

C'est alors que le docteur M., en désespoir de cause, proposa la psychanalyse. Un psychanalyste, dit-il, osera s'aventurer dans un domaine au seuil duquel notre science s'arrête et s'avoue impuissante. Le professeur H. est mon neveu. Il faut qu'il devienne le vôtre, du moins que la petite le croie et qu'il loge chez vous. Je le connais assez pour être sûr qu'il admettra cette supercherie.

Le psychanalyste allait prendre ses vacances. Il se laissa convaincre de les passer à Aix, chez son oncle. Chaque jour, il se rendait dans la maison du jeune ménage qu'il interrogeait et dont il devint l'ami. La petite se méfiait. Peu à peu, elle s'habitua et sembla même flattée des attentions d'une grande personne qui ne bêtifiait pas et la traitait en égale. Elle appelait H., son oncle.

Après quatre semaines de ce régime, elle redevint loquace et le faux oncle put bavarder avec elle.

Un jour qu'ils étaient ensemble au bout du jardin, loin de la famille et des domestiques, la petite fille, sans préambule, avec le calme d'un inculpé qui s'accuse chez le juge d'instruction, se délivra du secret qui devait l'étouffer et cherchait à sortir de l'ombre.

Substituons ce qui s'était passé à ce qu'elle raconte.

C'était la nuit de l'accouchement. Il avait neigé la veille. La petite fille ne dormait pas. Elle guettait. Elle savait que le matin, dès l'aube peut-être, le cadeau parviendrait à son adresse. Elle savait aussi que ce genre de cadeaux nécessite la mise en branle d'un cérémonial de famille, entouré de voiles. Il n'y avait pas une minute à perdre.

Forte de sa science, elle se leva sans allumer la lampe, quitta sa chambre qui était au premier étage et, relevant sa longue chemise, descendit les marches de bois. Lorsqu'une marche craquait, elle s'arrêtait et entendait son cœur battre. Une porte s'ouvrit. Elle se plaqua contre la tresse qui servait de rampe. Elle en sentait la laine lui piquer le cou.

Une inconnue, en robe et coiffe blanche, traversa le rectangle de lumière projeté par la porte ouverte sur les dalles du vestibule. L'inconnue entra dans le boudoir qui précédait la chambre des parents et en referma la porte. L'autre porte demeurait ouverte. C'était celle d'une salle de bains inconfortable. La mère s'y coiffait, s'y poudrait, y épinglait ses chapeaux et ses voilettes.

La petite continua sa descente, traversa le vestibule, se glissa dans la pièce que l'inconnue blanche venait de quitter, mourant de peur qu'elle n'y revînt tout de suite.

Sur la coiffeuse, il y avait une pelote hérissée

d'épingles à chapeaux, qu'on portait fort longues à cette époque. Elle en dépiqua une à tête de perle baroque, se glissa jusqu'à la porte vitrée et décorée de ferronneries. Un verrou bouclait cette lourde porte. Il fallait l'atteindre. Elle eut le courage de chercher une chaise, d'y grimper, de tourner le verrou, de redescendre, de remettre la chaise en place.

Une fois dehors, sur le perron, elle repoussa la porte en silence et regarda par la vitre à ferronneries dont la base arrivait à hauteur de ses yeux. Il était temps. La dame blanche traversait le vestibule. Un monsieur en redingote l'accompagnait et gesticulait. Ils disparurent dans la salle de bains.

La petite fille ne sentait pas le froid. Elle contourna la maison. En chemise et pieds nus, elle courait à travers les plates-bandes, sur la terre dure. La lune anesthésiait ce jardin. Il dormait debout, à la lettre. Sa familiarité, sa simplicité de brave jardin, devenait une stupeur méchante. Une immobilité de sentinelle en armes, d'homme caché derrière un arbre.

A voir ce jardin, on le sentait au bord de quelque mauvais coup.

Naturellement, la petite fille ne constatait pas cette métamorphose, sauf qu'elle ne reconnaissait plus son jardin peuplé de linges, d'épouvantails et de tombes.

Elle courait. Elle relevait sa chemise et serrait l'épingle. Elle pensa qu'elle n'atteindrait jamais son but. Son but était l'extrémité du jardin, là même où elle raconte au professeur, en d'autres termes, l'histoire dont nous apprîmes les détails par la suite. Et, sans doute, est-ce le lieu du crime, comme il arrive, qui provoqua sa confession.

Elle s'arrêta et reconnut le jardin potager. Elle brûlait et grelottait. La lune ne transformait pas les choux en autre chose de terrible. Pour la petite fille, le terrible était qu'ils fussent des choux. Elle les reconnaissait à merveille sculptés et magnifiés par la lune. Elle se pencha et, sans hésiter, tirant un peu la langue à la manière des écoliers attentifs, elle troua le premier chou de son épingle. Le chou résistait et grinçait. Alors, elle arracha l'épingle, empoigna la perle baroque et poignarda. Un chou après l'autre, elle poignardait et s'acharnait. L'épingle commençait à se tordre. Elle se calma et, lentement, soigneusement, elle perfectionna son travail.

Elle posait la pointe de l'épingle au centre des feuilles, là où le cœur frise. Elle pesait de toutes ses forces, enfonçant l'arme jusqu'à la garde. Il advenait que l'arme refusât de sortir de la blessure. Elle tirait dessus à deux mains et plusieurs fois tomba à la renverse. Rien ne la décourageait. La seule chose qu'elle craignît était d'oublier un chou.

Sa besogne achevée, semblable à la servante d'Ali-Baba interrogeant les jarres d'huile, la meurtrière inspecta ses victimes et s'assura qu'aucune d'elles n'avait échappé au massacre.

Lorsqu'elle revint à la maison, elle ne courait plus. Elle ne craignait plus le jardin. Il devenait son complice. Sans qu'elle s'en doutât, l'aspect criminel du lieu la rassurait, la soulevait dans une gloire. Elle marchait en extase.

Les dangers du retour ne lui apparaissaient même pas. Elle escalada le perron, poussa la porte, la referma, déplaça et replaça la chaise, traversa le vestibule après avoir piqué l'épingle dans la pelote, monta les marches, regagna sa chambre, se recoucha. Et son calme était si pur qu'elle ne tarda pas à s'endormir.

★

Le professeur contemplait le carré de choux. Il imaginait la scène étonnante. *Je les ai tous percés, tous!* disait la petite fille. *Je les ai tous percés, et je suis rentrée à la maison.* Le professeur se représentait le crime tel que nous venons de le décrire. *Je suis rentrée à la maison. J'étais très contente. J'ai bien dormi.*

Elle avait bien dormi et s'était réveillée avec quarante de fièvre.

★

Ensuite, expliqua le professeur au jeune ménage, vous lui avez raconté qu'il était préférable de n'avoir qu'une petite fille. Elle ne vous a pas crus. Elle s'estimait coupable. Elle avait tué. Elle en était certaine.

Le remords la ronge. Il va falloir, et je n'en ai pas pris l'initiative, lui fournir la preuve que les enfants ne naissent pas dans les choux. Je suppose que vous avez compris ce qui résulte de pareilles sottises.

★

Le docteur M. ajouta que les parents se décidèrent à contrecœur. Ils croyaient au sacrilège et maculer leur propre enfance. Ils vivent à Marseille. Lorsqu'ils séjournent à Aix, ils se demandent d'où viennent les troubles nerveux de leur fille et son angoisse des fausses couches.

Pensez-vous, demandai-je au docteur M. que cette vieille histoire en soit la cause? Je ne l'affirme pas, me répondit-il, mais je me rappelle que la petite avait quinze ans lorsque ses parents, qui faisaient un voyage d'affaires, la mirent en garde chez moi. Mon neveu vint y passer une semaine. La grande fille avait appris, outre qu'on ne naît pas dans les choux, qu'il n'était pas de sa famille, mais de la nôtre. Tout cela appartenait aux vieilles lunes. Un soir, nous eûmes l'imprudence de remuer nos souvenirs. « Sais-tu, me dit mon neveu, le véritable drame de l'histoire des choux? Eh bien! c'est que la petite a réellement tué. Elle a employé, d'instinct, toutes les méthodes de l'envoûtement, et l'envoûtement n'est pas une farce. »

Nous discutâmes ensuite de l'envoûtement, et nous en vînmes à reconnaître qu'il en existe des preuves.

Ce n'est pas impossible, conclus-je. Peut-être a-t-elle tué. Le principal est qu'elle ne s'en doute jamais.

Seulement, me dit le docteur, nous découvrîmes, ma femme et moi, que la grande fille écoutait aux portes.

P.-S. — Un ménage freudien. — Mme X entre dans la chambre où sa petite fille, âgée de neuf ans, dessine avec un crayon rouge. La nounou est à l'office. Mme X se penche. Que dessine la petite fille? Un gigantesque phallus.

Mme X arrache la feuille et se sauve. A peine si elle écoute hurler sa fille. M. X rentre du golf : « Regarde. » M. X a un haut-le-corps : « Où cette malheureuse enfant a-t-elle pu voir une chose pareille? » — « Je te le demande. » Je vous épargne l'enquête. Monsieur, après quatre jours de bousculades, interroge sa petite fille. Réponse : « Ce sont les ciseaux de nounou. »

DE LA PEINE DE MORT

J'AI davantage la pudeur des sentiments que des actes et s'il est rare que le non-conformisme des actes me révolte, par contre il me gêne qu'on déballe toutes les marchandises de l'arrière-boutique. Je n'éprouverais aucune honte au spectacle d'un exhibitionnisme de l'externe, alors qu'un exhibitionnisme de l'interne me choque. Il m'est, en outre, fort suspect.

C'est pourquoi ce Journal n'est pas un vrai Journal.

Je trouverais presque juste que les lois protégeassent les scandales du visible et poursuivissent les scandales de l'invisible portés au grand jour. Mais ils ne sont pas prévus par le code. (Je ne fais naturellement pas allusion aux procès Baudelaire, Flaubert, etc., dont les textes ne relevaient pas du scandale. Le scandale étant à mon estime le mensonge sous forme d'aveux.) Une sage prudence n'en dicte pas moins aux poètes le style de déguisement dont ils recouvrent l'impudicité de leur âme, et, ce qui m'offense dans la lecture du journal n'est pas un cortège de vols et de meurtres, ce sont les mobiles de ces meurtres, de ces vols et les fouilles qui les escortent. Il semble qu'on ne poursuive plus le coupable dans une ville ou dans une campagne mais dans une ténèbre où poursuivants et poursuivis seraient difficiles à différencier les uns des autres.

Les uns mentent, se complaisent à l'exhibitionnisme (comme le prouvent les innocents qui se livrent à de faux aveux) les autres avouent par la bande en prêtant leurs instincts cachés à celui qu'ils interrogent. C'est sans doute la volupté de s'accuser sans risques, de se flageller sans souffrance, de s'étaler sans crainte, qui pousse la presse et le public à se repaître d'atroce.

Lorsqu'un bon crime éclate, le tirage des journaux triple. On traîne en longueur une intrigue où l'hypocrisie se régale sous prétexte d'humanité. En l'occurrence, public et acteurs se valent. On rêverait d'un duel où ils restassent tous sur le carreau [1].

Lors du procès de Loeb et de Léopold, qui furent les précurseurs du crime intellectuel dont *The Rope*, le film de Hitchkok serait l'apothéose, l'avocat ayant dit : « Tout homme porte en soi le désir obscur du meurtre », et les juges ayant demandé comment eux, juges, qui punissent le meurtre, pouvaient être soupçonnés d'un tel désir, l'avocat sauva les deux coupables du fauteuil électrique en s'écriant : « Ne cherchez-vous pas, depuis plusieurs semaines à tuer Loeb et Léopold? »

L'homme ne fait que suivre le rythme des plantes et des animaux qui s'entre-dévorent, mais il s'entre-dévore sous le couvert d'une législation tendant

1. Après le drame de Lurs, la police dut chasser une famille qui pique-niquait sur les lieux du crime.

à aboutir au meurtre légal, lequel n'ayant aucune excuse de réflexe ni de psychose, évoque les bordels où la sexualité fonctionne à froid et ne relève plus d'une crise.

La peine de mort est inadmissible. Le massacre, c'est la vraie loi. Si, à cette loi confuse on en ajoute de précises, on procède par artifice, on se condamne dans autrui. Il conviendrait que juges et jurés s'analysassent avec le sérieux qu'ils mettent à forcer et acculer le cerf. Qu'ils lâchassent une meute en leur personne. Il est probable qu'ils regretteraient le verdict, à moins qu'ils ne se félicitent d'être leur propre terrain de chasse, et de pouvoir interrompre cette chasse à courre intime avant la curée.

Au procès de Nuremberg furent jugés ceux qui s'érigeaient en juges. Les hauts cols durs ne protègent plus le cou de la corde. Mais nous eussions préféré la vengeance immédiate. Cette justice immédiate évite à un tribunal de punir ce qu'il respecte le plus au monde : la discipline et l'obéissance au chef.

En ce qui me concerne, ce serait vantardise de m'absoudre parce que je ne tuerais pas une mouche. Car je mange le bétail dont je ne supporterais pas le supplice aux abattoirs. Et n'ai-je pas, parfois, secrètement caressé le rêve de quelque justice (la mienne) qui pulvériserait mes ennemis?

On a vite fait d'accuser ceux qui subissent une dictature. Et l'on peut compter sur les doigts les citoyens qui désobéissent à des ordres funestes en sachant que cette désobéissance entraînera leur perte. Ces glorieuses révoltes sont innombrables de loin. Et il importe de saluer les patriotes qui infirmèrent cette règle dans les chambres de la Gestapo. Entre autres ce Jean Desbordes qui ne pouvait voir un accident sur la route sans tourner de l'œil et mourut dans les tortures plutôt que d'ouvrir la bouche.

Le prestige du sang qui coule est étrange. On dirait qu'une lave de notre feu central cherche à s'y reconnaître. La vue du sang me dégoûte. N'empêche que j'ai intitulé un film *le Sang d'un Poète*, que j'y montre le sang à plusieurs reprises, et que le thème d'Œdipe, auquel j'ai eu maintes fois recours, est drapé de sang.

On dirait que nous nous vengeons des défenses de l'invisible en cherchant à surprendre les sources rouges qui bouillonnent dans son domaine. On dirait que nous avons porté sur le plan cérébral cette mystique sanguinaire des peuplades sauvages, mystique si puissante, que dans certaines îles, les indigènes s'égorgent le jour, festoient la nuit ensemble, et recommencent à s'égorger le lendemain.

Mais ce mystère de nos entreprises prend une allure pénible lorsqu'il s'affiche sous le signe du glaive. Lorsqu'il s'entoure de pompe, lorsqu'il offre un spectacle à une foule heureuse de satisfaire gratuitement ses instincts primitifs.

Une des formes les plus graves de l'hypocrisie, outre qu'elle attaque volontiers les vices qu'elle pratique en cachette, ce sont les extrémités où la honte du mensonge pousse l'hypocrite, le contraignant à donner sa rougeur pour celle de l'indignation.

Il me faut tuer mon frère. Voilà ce que pense le coupable libre en face du coupable pris. Peut-être ce réflexe satisfait-il chez le lâche un besoin de se punir dans un double.

On m'objectera qu'il importe de supprimer les monstres. Il m'étonne, malgré tout, qu'on se réclame d'une justice suprême, alors que cette justice suprême nous prouve chaque minute qu'elle s'exerce selon un code incompréhensible et déroutant les nôtres, supprimant les bons, ménageant les méchants, sans doute au nom d'une économie occulte à quoi elle n'exige point que l'homme se substitue.

La nature nous pousse à détruire en masse. Ce vertige destructif seconde ses déséquilibres, ses différences de niveaux, les cascades de forces qui alimentent sa machine. Mais j'ai peine à croire qu'un criminel, qu'une Cour d'assises lui apportent une aide efficace. Elle procède par grosses vagues, par gros prétextes, par les cataclysmes qui corrigent ses fautes de calcul.

Etre tiré au sort comme juré, me représenterait le type de la malchance. Que pouvons-nous autour d'une table dont nous ne voudrions pas que les convives fussent nos hôtes? Et, devant nos doutes, ne se trouvera-t-il pas un de ces gaillards qui se vantent de leur adresse à découper la poularde? Sur cette table, la poularde est un accusé qui risque sa peau. Ce n'est point la peau de notre gaillard, qui, par gloriole de gastronome, entraîne les convives à un festin d'anthropophages.

Quel orgueil *modeste* éclate dans l'attitude d'un jury qui rentre après la délibération! Quelle détresse dans l'attitude du malheureux dont la voix unique n'a trouvé aucune créance!

Le malaise qu'on éprouve devant de tels spectacles a des causes profondes qu'il conviendrait de remettre à l'étude. Le décret de Moscou ne prévoyait ni la radio, ni le cinématographe. Le code Napoléon ne prévoyait pas les psychiatres. Vous me direz qu'on les consulte. Le verdict n'en repose pas moins sur l'humeur et les circonstances qui inclinent les convives à gauche ou à droite, d'un ventre rempli ou d'un ventre affamé qui n'a pas d'oreilles. Autour de notre table, c'est le cœur au ventre qui manque le plus.

Lorsqu'on relit le livre de G.-M. Gilbert sur les coulisses du procès de Nuremberg *(Nuremberg Diary)* on demeure stupéfait par l'enfantillage d'un groupe qui bouleversa le monde. Nous lui prêtions une envergure à la taille de notre malheur. Nous en imaginions les membres noués par une gravité de criminologistes, par de profondes politiques. La différence des grades ne cloisonne plus leurs rapports. Ils se réjouissent de réussir le test des chiffres et le test de la tache d'encre qu'on leur inflige. Ils se dégonflent. Ils s'ouvrent. Que vois-je? De petites jalousies, de niaises rancunes. Une classe de cancres et de cuistres à la récréation. De monstrueuses farces d'écoliers qui inventent Auschwitz, le colonel Hœss, la mort de deux millions cinq cent mille Juifs auxquels on laisse entendre qu'on les mène à la douche et dupes d'une gare postiche, d'une fausse halte à la porte des fours. Et les *c'est pas moi, m'sieur* dont chacun use sur le dos de l'autre. Cela confirme ma théorie de la terrifiante irresponsabilité des responsables, de cette vantardise de responsabilité qu'illustre la phrase de Chateaubriand (je cite de mémoire) : « Bonaparte était dans une calèche emballée qu'il croyait conduire. »

Bergson expliquerait que la chute pantinise ces capitaines, ces ministres, ces diplomates. Les successeurs de Bergson que la chute les dépantinise et les montre tels qu'ils sont. Mais le ridicule de ces chutes ne provoque pas le rire.

Eddington écrit : *Les événements ne nous arrivent pas. Nous les rencontrons sur notre route.*

Il faudrait comprendre que ces événements fixes n'appartiennent pas à nos trois dimensions. Leurs faces sont multiples. On les peut aborder sous tel ou tel angle de leur unité multiforme. Le libre arbitre et le fatalisme s'enchevêtrent. Car on penche à se plier au destin sous prétexte qu'il ne possède qu'un seul visage. Or, il en possède plusieurs qui se contredisent et se conjuguent comme le double profil de Janus.

C'est sans doute la croyance à une fatalité ayant un seul visage (pareil au nôtre) qui réconforte les jurés après un verdict de mort. *C'était écrit.* Peut-être, si c'était écrit, fallait-il lire cette chose écrite dans une glace et cela réserverait des surprises. On aurait, du même coup, la bonne fortune de s'observer, homme et reflet, des deux côtés de la barre.

Que fera un peintre pour accuser les fautes du portrait qu'il peint? Il le renversera dans une glace. Le juré, lorsqu'il rentre le soir chez lui, s'affronte dans la glace. La glace le renverse. Elle accuse les fautes de sa tête. Et sa tête plaide : « Ne nous fallait-il pas être critiques? Prouver notre clairvoyance? Ne pas nous montrer crédules? Ne pas nous laisser convaincre par les périodes du défenseur? Par des preuves trop simples? Ne fallait-il pas étonner la justice avec notre justice? Fallait-il obéir à cette salle, éprise de comédiens? »

Si l'on me reproche (si l'on me félicite) d'avoir signé tant de recours en grâce, surtout ceux de mes adversaires, je répondrai que je ne les signais pas par grandeur d'âme, mais parce que je me refuse à voir dans ma glace une tête que cette glace renversante et réfléchissante accuserait du crime de responsabilité.

En fin de compte, quel est le rôle d'un jury inflexible? Faire tomber le drame. Mais nous ne sommes pas au théâtre. Le rideau rouge est un couperet.

Dès que les lois ne fonctionnent plus et que, par exemple, le peuple fait la loi, ou que des maladresses (comme le jour du Champ-de-Mars) autorisent toute licence, on retrouve les lois primitives du sang. Impossible de sauver celui que la foule empoigne et qu'elle écharpe. C'est la pique ou la lanterne. Le révolutionnaire idéologue s'escrime en vain à conjurer la foule d'attendre la justice. C'en est une autre qui fonctionne à tort et à travers. Et rien ne prouve que si la victime échappait à ses bourreaux illégaux, cette justice de l'idéologue ne la conduirait pas au bourreau légal par un chemin plus lent et plus douloureux encore.

Une idéologie possède des racines semblables à celles du réflexe populaire, ce qui lui vaut sa fortune. Mais elle se déguise en légalité et même si elle cherche à absoudre, la crainte de perdre ses directives et de s'aliéner la foule la détermine à lui donner raison.

Le temps seul calme ces fièvres. On assiste alors à une détente, à une fatigue, où le mécanisme fonctionne à rebours. Une sieste sauve les inculpés qui eurent la chance de vivre en tôle. Ils profitent, en réalité, de la digestion de l'ogre. La moindre victime le ferait vomir.

Il est certain que la justice ne peut être objective. Un tribunal groupe des individus à réactions subjectives. Et s'il est triste de voir un élève studieux recalé pour une voix, il est lugubre qu'une voix défavorable puisse envoyer à la guillotine un accusé sur lequel il y a doute.

Un soir, dans une salle où l'on projetait un film de Cayatte sur ce thème, j'observai les visages durant le spectacle et à la sortie. Durant le spectacle ce plaidoyer paraissait convaincre. A la sortie, le public, réveillé de l'hypnose collective, reprenait le visage des cannibales autour de la table. Il retournait, individuellement, à l'orgueil des titres de noblesse que décerne la responsabilité. Il est probable que n'importe quelle personne de ce public, fière de recevoir une convocation officielle, oublierait le film et se dirait : « Notre devoir avant tout. » De cette minute, la vie de l'accusé ne tient qu'à un fil.

Cependant, je constate que si l'idée d'une guerre, soumise aux plans secrets de la nature, rencontre une masse d'adeptes, celle de la peine de mort trouve de plus en plus d'objecteurs. Tracts et listes circulent. Et, de même que la jeunesse se cabre et semble vouloir crever le mur du son, — c'est-à-dire du silence — de même d'innombrables individus collaborent à répandre les idées d'antiracisme et se dressent contre la peine de mort.

En quoi ces mouvements servent-ils ou desservent-ils les froides machinations de la nature, je l'ignore. C'est un désordre auquel l'homme assiste sans être, hélas! capable d'y mettre de l'ordre. L'ordre de l'un n'étant pas l'ordre de l'autre, et la nature ne nous laissant libres que dans la mesure où nos efforts ne rangent pas le désordre qui est son ordre et qu'elle entretient.

D'UN MORCEAU DE BRAVOURE

Le divorce entre la religion et la science est une grande faute. Comme un ricochet de la faute originelle. Nous portons tous le poids de cette faute du XIXe siècle. Nous en sommes responsables. Responsable la science qui n'a pas su voir que les symboles de la religion cachaient des nombres. Responsable la religion qui a oublié les nombres et s'en est tenue aux symboles.

Et tout cet orgueil de la science, pour en revenir à Héraclite, à la triade, au triangle, à la Trinité, dont le Père, le Fils et le Saint-Esprit, représentés par un patriarche, un jeune homme et un oiseau, ne sont que les signes conventionnels, à l'usage des simples.

Nombre de savants modernes sont croyants, et la religion se rapproche de la science. Il est fort dommage qu'elle s'en rapproche au lieu de la détenir.

Plus la science se heurte contre le chiffre 3, et contre le chiffre 7 (qui additionne la triade et les 4 pattes que le XIXe siècle pose sur terre), plus elle respecte le 0, et plus le chiffre 1 l'étonne.

Car si l'homme démembre le chiffre 3 en désintégrant la matière, c'est à petite dose, à seule fin de détruire le chiffre 4 des autres pour faire triompher le sien. Il restitue au 0 ce chiffre 4 des autres, sans comprendre que le chiffre 3, dont tout se compose, se réorganise à son nez et à sa barbe, et que des chiffres 4, d'une puissance encore inconnue, se reformeront et le menaceront un jour.

Les hautes colonnes fulgurantes, qui montaient de Hiroshima et Nagasaki, ne furent que la colère du chiffre 3 qui se réintègre et retourne dans une zone où l'homme ne se mêle plus de ce qui ne le regarde pas.

Ecoutons la phrase d'un des pilotes de la superforteresse *Great Artist*, après avoir lancé la bombe : *Je ne suis pas très sûr que nous ne nous amusions à jouer avec des forces qui ne nous regardent pas.* Jeux funestes jusqu'à la minute où, excédé par la sottise des hommes, sottise qu'ils s'obstinent à prendre pour leur génie, le chiffre 1 les poussera sournoisement à jouer trop fort avec la triade et à rendre notre pauvre monde au zéro dont il sort.

★

Il a fallu des siècles afin que l'homme en revienne à la certitude que l'espace et le temps se conjuguent. Il semble cependant élémentaire d'observer que le temps qui nous rapproche d'une maison diminue proportionnellement et inversement au volume de la maison qui augmente, et que cette maison ne retrouve son volume habitable dans l'espace que lorsque la période qui nous a permis de la rejoindre n'est plus habitée par nous. Il y a échange d'habitacles. L'un ne serait pas possible sans l'autre, et même de loin, l'homme se livre à une curieuse gymnastique pour reconnaître cette maison minuscule et pour imaginer qu'elle le peut contenir.

Répéterai-je que la perspective du temps dissocié de l'espace joue, dans l'esprit de l'homme, à l'inverse de celle de l'espace, où les choses rapetissent lorsqu'on s'en éloigne, alors qu'elles grandissent lorsque le temps les éloigne de nous. C'est ce qui fausse les événements de l'enfance et de l'Histoire. Ils prennent du vaste à cause de ce phénomène d'amplification.

Le temps forme avec l'espace un amalgame si élastique, si insolite, que l'homme se trouve sans cesse en face de petites preuves qu'il s'y égare et qu'il le connaît fort mal. Par exemple, lorsqu'un artiste de nos films ouvre la porte d'une maison tournée en extérieur, la referme au studio quelques semaines après, et que l'écran nous le montre ouvrant et refermant cette porte d'une seule traite. Notre travail du film escamote le laps de temps où l'artiste a vécu sa propre vie pour le faire vivre d'une vie différente. Il est vrai que les blocs d'espace et de temps que le cinéaste divise et qu'il recolle, demeurent intègres. Mais l'amalgame de temps et d'espace fabriqué par cette méthode est-il si factice? Je me le demande. Il arrive que la réalité en use. Car bien des faux témoignages relèvent d'un mécanisme analogue lorsqu'un homme se trouve être dupe des perspectives déformantes de l'espace et du temps, et décide, avec une parfaite bonne foi, la mort de l'un de ses semblables.

Certains films documentaires nous enfoncent le nez dans notre crotte, s'ils présentent le règne végétal par l'emploi du ralenti, lequel résulte de l'accélération de la vitesse des images.

Lorsqu'on projette ces images à la vitesse correcte, le film nous prouve que le règne végétal mène une vie fort turbulente, fort sournoise, fort érotique, fort cruelle. Un disparate entre son rythme et le nôtre nous rendait cette vie invisible, nous illusionnait sur le règne végétal et sur sa feinte sérénité. Ce qui nous mène à conclure que tout ce que nous croyons solide, stable, inerte, grouille et fermente, qu'un appareil doué d'une vitesse d'images inconcevable nous dévoilerait la matière et ne nous montrerait que ruts féroces, vices obscurs, contraires qui se dévorent, tourbillonnantes gravitations.

La première fois que l'Allemagne nous envoya ses films sur les différences de vitesse appliquées au règne végétal, la censure française s'en alarma, estimant (à juste titre) qu'ils ressemblaient à ceux des maisons closes de Marseille. Ils furent interdits. On nous les présenta en cachette. La ressemblance ne laissait aucun doute. Succions, membres, vulves, spermes et spasmes, envahissaient l'écran.

Le haricot offrait un intermède moins obscène. Il se tortillait le long de sa rame. On eût dit qu'il la léchait comme un chat se lèche les pattes. Il paraissait être un jeune singe, un gnome alerte et inoffensif.

Tandis que j'admirais son agitation et sa gentillesse, une vieille dame s'écria dans l'ombre de la salle : « Dieu! Je ne mangerai jamais plus de haricots. » Brave dame! On la mettra en terre, et elle fera pousser les haricots.

Tout cela serait drôle, si ce n'était triste. Et l'on sent bien que, plus l'homme se renseigne, plus il cherche et croit toucher le mystère, plus il s'en écarte, parce qu'il glisse sur une longue pente d'erreurs, et qu'il est obligé de la suivre, même s'il estime qu'il la remonte.

C'est pourquoi la religion détenait la science et la gardait secrète. Elle ne l'exploitait que pour frapper la foule et pour la tenir en respect. Il y a tohu-bohu dès que la foule s'en mêle. Et moi qui blâmais la censure, peut-être était-elle prudente de ne point compliquer, par l'étalage de la vie intime des fleurs et des légumes, les enseignements de Sigmund Freud.

Une grande sagesse conseilla aux Israélites, lorsqu'ils durent remettre un exemplaire de leurs livres aux mains du pouvoir, d'y substituer un chiffre, et de masquer sous des fables leurs découvertes sociales, économiques et scientifiques. Ces fables devinrent le credo d'une Eglise qui les suspectait au XVIe siècle, mais sans deviner qu'elles étaient l'envers de ce qu'il faudrait lire à l'endroit. Ce chiffre perdu doit être d'une étude très abrupte, donner lieu à des méprises déjà véhiculées par les traducteurs de la traduction (les fautes abondent dans celle de Luther) exiger une profonde connaissance de l'hébreu, des doubles et triples sens de cette langue. Je n'en soupçonnerais rien si Mme Bessonet-Fabre ne m'avait jadis éclairé sur ce chiffre et commenté des paraboles qui perdent alors leur magie ténébreuse, et deviennent d'une surprenante clarté.

Ces fables tiennent bon. Elles furent le pain du catholicisme superficiel. Ce catholicisme s'insurge contre un pape lorsqu'il les accepte comme fables et s'inquiète des chiffres qui se cachent dessous.

Mais si le pape prononce en 1952 un discours sur les rapports de la religion et de la science, le divorce subsiste et c'est dommage. Car il empêche les prêtres de retrouver leurs privilèges d'origine et de prêcher l'évangile au centre d'un triangle où s'inscrivent un cœur et un œil.

On toucherait alors ce que le Christ laisse entendre par cette phrase : *Il y a beaucoup de demeures dans la maison de mon Père,* et l'on comprendrait que toutes les religions n'en forment qu'une, que l'ordonnance des chiffres change, mais qu'ils aboutissent au même total.

Et comme les mécanismes terrestres ne peuvent que suivre le mécanisme universel, on obtiendrait une Europe vivable, que dis-je, une terre où l'homme respecterait les chiffres qui le dirigent, et laisserait à la nature le soin de se déséquilibrer (de déséquilibrer ses niveaux). Elle se débrouillerait, ferait sa lessive, grâce aux épidémies, séismes, cyclones, raz de marée, accidents d'automobiles, accidents d'avions, suicides, morts naturelles et autres sacs de lest qu'elle lance et que la presse enregistre chaque matin (*Journal* du 5 mars 1952. *Le tragique accident du Nice-Paris. Le Nord du Japon ravagé par un séisme suivi d'un raz de marée. Catastrophe ferroviaire au Brésil. Variole à Marseille. Tornade sur l'Arkansas, l'Alabama et la Gorgie. Plus de morts sur les routes d'U. S. A. qu'en Corée...*, etc.)

Mais je divague. Car c'est peut-être par l'impossibilité où l'homme se trouve d'admettre la croyance des autres et son entêtement à imposer la sienne, qu'il collabore aux déséquilibres de la nature. Elle obtient ainsi de notre race désobéissante le rythme guerrier qu'elle impose sans peine aux règnes passifs. L'homme s'imaginera donc être victime de guerres successives, sans comprendre qu'il n'y en a qu'une seule, avec des haltes de fatigue qu'il prend pour la paix.

Revenons à notre mesure, à ce duel entre le visible et l'invisible, et dont le procès-verbal cherche à nous entraîner trop loin. Encore que ce qui précède soit le prologue logique d'une aventure fort significative où les fables qui recouvrent le chiffre servirent de prétexte aux forces qui me veulent invisible et dissimulèrent mon chiffre sous des images d'une visibilité scandaleuse.

Je pressentais en terminant ma pièce *Bacchus* qu'il arriverait quelque chose, mais je ne devinais pas quoi. J'avais même dit en riant, à Mme W. chez qui je travaillais : « Armez votre bateau, car il nous faudra prendre la fuite. »

J'aurais dû être renseigné par un événement, humoristique en apparence, où il importe de reconnaître le style médiéval de notre époque.

On venait de brûler le Père Noël à Dijon, en place publique. L'Eglise l'accusait d'être une coutume dangereuse, allemande, propre à induire les enfants en erreur. Si les pauvres enfants croient cette fable, il les faudra brûler vifs comme hérétiques.

Bref, je prévoyais contre *Bacchus*, une attaque impérialiste du genre « Tu me gênes, je te tue », mais il m'était impossible de prévoir sous quel angle se produirait l'attaque et de quelle fenêtre on tirerait, puisque ma pièce offrait un grand nombre de cibles aux unes et aux autres. En outre, une pièce de théâtre étant fort visible, il fallait que l'invisible mît en œuvre son arsenal de défense.

Le tireur fut François Mauriac, contre toute attente, car c'est un vieil ami. Nous fîmes ensemble nos premières armes et il m'eût semblé impensable qu'il tournât une de ses armes contre ma personne.

Un impérialisme dirigeait l'attaque : celui des Lettres. Il se masquait sous la morale, bien entendu.

L'imprudence du tireur était d'avoir publié peu avant (dans *la Table Ronde*) un article où il justifiait la libre expression de l'artiste et son droit à tout dire. Seulement, il les justifiait à son usage.

On verra que le tireur était de la race qui épaule longuement, race dont je parle dans le *Secret Professionnel*. Il manque la pipe parce qu'il pense surtout à prendre une pose avantageuse et à ce que la patronne du tir le contemple [1].

1. Ce style extérieur, comme séparé de l'objet, cette peinture qui recouvre l'objet et pousse les gens à déclarer : « Je ne partage pas du tout les idées de Mauriac, mais comme c'est bien dit! » Ce qui ne peut se produire lorsque le style dénonce une morale, perd tout attribut décoratif et n'attire pas les insectes à qui cette morale demeure étrangère. Les insectes humains estiment alors que « ce n'est pas écrit ».Ils se détournent d'une fleur véritable pour se ruer sur les fleurs artificielles.

En ce qui concerne le dogme, j'étais sauf. J'avais consulté des autorités dominicaines et bénédictines. J'en avais reçu l'*exeatur*. Le bûcher du Père Noël et la pose de la première bûche du mien par Mauriac, risquent de rendre à la bête de l'Apocalypse, une apparence fâcheuse de bête à bon Dieu. Les hautes intelligences du clergé désapprouvent ces initiatives. Les évêques de Michel de Ghelderode et de Sartre ne dérangent pas nos juges laïcs. La flèche dépasse le but. Le sacrilège les rassure en tant que préambule au mysticisme (mysticisme à l'état sauvage). On en fera bénéficier Arthur Rimbaud.

Je dois être meilleur chrétien que catholique. *Bacchus* est sans doute une pièce chrétienne. Le cardinal Zampi, moins orthodoxe en son cœur que chrétien.

J'avoue avoir été choqué au Vatican par les feuilles de vigne des statues [1]. Par contre, j'eusse trouvé normal qu'on dissimulât sous des feuilles de vigne les pierreries du trésor. Je songeais à la phrase de Maurras citée par Gide : *Je ne quitterai pas ce cortège savant de Pères, de conciles, de papes,*

1. Le docteur M. venait de me raconter qu'une dame avait expliqué à sa petite fille qu'elle lui interdisait de regarder les *parties honteuses* de son petit frère, causes de tous les malheurs qui nous accablent. La petite fille, après avoir nuitamment amputé son petit frère avec des ciseaux, courut réveiller sa mère et lui apprendre son exploit. Elle se croyait une héroïne, une Judith. Elle n'en revenait pas de voir sa mère folle de douleur.

de tous les grands hommes de l'élite moderne, pour me fixer aux évangiles de quatre Juifs obscurs. On ne peut pousser plus loin l'antisémitisme.

Je suis certes du mauvais côté de la barricade, comme de coutume. Et je songe au credo de Gide : *Je n'admets pas que rien me nuise, je veux que tout me serve, au contraire. J'entends tourner tout à mon profit.*

C'est le credo de la visibilité. Pour obtenir le credo de l'invisibilité (le mien), il n'y a qu'à tirer un négatif de ces phrases, et y joindre ces lignes d'Héraclite : *Pour Dieu tout est bon et juste. Les hommes, au contraire, conçoivent certaines choses comme justes, d'autres comme injustes.*

Qu'y puis-je? Mon usine est ainsi construite. Je ne hais que la haine. Je lui trouve cependant plus d'excuses qu'à la légèreté. J'en constate beaucoup dans les attaques de mes adversaires. Je suis à peu près sûr que si Mauriac lisait ma pièce et relisait sa lettre ouverte, il aurait honte et courrait pleurer sur l'épaule de son confesseur.

De longue date je souhaitais écrire ce *Bacchus.* Il se présenta sous forme de pièce, de film, de livre. Je revins à l'idée de pièce, estimant que le théâtre cadrerait mieux l'histoire. Je la tenais de Ramuz. La coutume en subsiste encore, à Vevey, pour les vendanges.

Cette coutume date de la civilisation sumérienne, environ trois mille ans avant Jésus-Christ. *Des documents décrivent les cérémonies célébrées à l'occasion de l'inauguration du temple du dieu Ningirsou. Le peuple en liesse se livre à de véritables bacchanales dont l'origine remonte à l'ancien culte agraire. Pendant sept jours une licence générale règne sur la ville. Les lois civiles, comme les lois morales, sont suspendues. Plus aucune autorité ne se manifeste. Un esclave remplace le roi, dispose du harem royal, est servi à la table du prince par ses serviteurs. La fête passée, il est sacrifié aux dieux pour qu'ils pardonnent à la ville ses péchés anciens et qu'ils y amènent l'abondance. Sur les parvis des temples, des mystères sacrés sont joués qui se transmettront à Babylone. Saturnales et mystères subsisteront à travers toute l'histoire mésopotamienne. Bérose y assistera au IIIe siècle. Et Rome elle-même verra se célébrer ces curieuses fêtes, venues du fond des temps, que le christianisme conservera dans le carnaval.*

J. PERENNE. *Civilisation antique.*

Ma première version racontait une dictature. Un idiot de village y devenait un monstre. J'y renonçai vite. Elle était trop fruste et, du reste, me résistait. J'abordai le thème du désarroi de la jeunesse au milieu des dogmes, des sectes, des obstacles qu'on lui oppose. En proie aux offres de service et aux sentiments, elle cherche à rester libre. Sa liberté désordonnée se glisse entre les obstacles jusqu'à ce qu'elle s'y écrase. Elle ne saurait vaincre que par la ruse ou par une prise de pouvoir. L'adresse lui fait défaut que le méandre exige. Elle fonce. Sa maladroite ligne droite, son audace, son cœur, ses sens, la desservent dans une société où règne le méandre, où les méandres s'entrecroisent et s'affrontent sourdement.

Hans est tout feu tout flamme et fort naïf. Sa comédie peut tromper l'évêque et le duc. Elle ne trompe pas le cardinal. Il arrive de Rome et connaît la musique. Il feint d'y croire parce qu'il se renseigne sur les crises d'une Allemagne où il prospecte. Le duc et sa fille lui plaisent. Il devine les troubles que la Réforme apporte dans les familles. *Ne prononcez pas de paroles irréparables.* Voilà le conseil qu'il donne au duc. Il ajoutait, dans ma première version : *Que Christine se trouve mal, puisqu'il n'y a que l'évanouissement pour réduire votre famille au silence.* C'est l'aïeul des prélats de Stendhal. Il possède finesse et tendresse. Il prévient Hans : *Vous courez au feu comme un papillon de nuit.* C'est pour éviter que ce papillon n'y flambe qu'il manœuvre. Incapable de l'attraper au vol, il le sauve du feu, même après sa mort. Par son acte final, l'Eglise montre sa clairvoyance. Certains catholiques virent un mensonge dans un droit que Zampi s'arroge pour rester digne de son sacerdoce et de son cœur.

Lorsque nous apprîmes, Sartre et moi, que nos pièces se passaient en Allemagne au XVIe siècle, il était trop tard. Il achevait *le Diable et le bon Dieu* à Saint-Tropez, et j'avais terminé mon premier acte au cap Ferrat. J'étais en marche. Nous décidâmes de nous rencontrer à Antibes. Nos intrigues ne se ressemblaient en rien. Je pouvais continuer mon travail. Comme notre documentation était analogue, Sartre m'indiqua des livres que j'ajoutai à ceux où j'apprenais à connaître Luther. Il m'en arrivait de partout.

La difficulté fut de prendre des notes, d'en enfermer les liasses dans une armoire, de les oublier, et d'en revivre l'essentiel par la bouche de mes personnages.

Ce sont de vieilles phrases, présentées sous un angle vif, qui semblent subversives. On les verse à mon compte. Il est juste de dire qu'elles coïncident avec ce qui se passe en 1952. Mais les coïncidences m'apparurent longtemps après. Certaines d'entre elles ne me devinrent sensibles que par les rires de la salle ou par ses applaudissements.

Jeanne au Bûcher, de Claudel, me déroute. L'Eglise est une. Sa grandeur est de se ressaisir. Lorsqu'elle condamne Jeanne d'Arc et lorsqu'elle la canonise, elle me représente une seule personne qui se trompe et qui se repent. En canonisant Jeanne, elle s'accuse avec courage. C'est la noblesse de cet aveu et du retour sur soi-même que j'admire en elle. S'il s'agissait du capitaine Dreyfus, au lieu de sainte Jeanne, la révision du procès de Rennes ne permettrait pas à un dramaturge de bafouer l'Etat-Major. A moins que le dramaturge ne soit antimilitariste ou athée. Il pourrait alors attaquer l'Etat-Major et l'Eglise. Mais non s'il les respecte [1]. Dans cette alternative, il louera leur aptitude à revenir sur une opinion. Tout corps constitué doit être envisagé comme un corps pourvu d'une âme et faillible au même titre qu'un corps et qu'une âme, capables de chutes et de repentirs.

★

En assistant au spectacle, je m'étonnai que les scènes de Claudel bafouassent une Eglise et en

1. Lorsque le Salon des Artistes français refuse Manet, Cézanne, Renoir, et que plus tard il les accepte, c'est le même jury dont les yeux s'ouvrent.

exaltassent une autre sans choquer nos juges, si sévères pour mon cardinal et pour ses manœuvres. Alors qu'ils n'eussent pas admis des cabrioles de généraux.

La ganache des *Mariés de la Tour Eiffel* provoque un scandale et empêche de les reprendre. C'est une ganache de vaudeville, ni plus ni moins.

Il faut donc se résoudre à reconnaître que certaines œuvres énervent, émettent des ondes singulières et déformantes, provoquent l'injustice, et que les auteurs de ces œuvres n'y peuvent rien, sauf de comprendre que l'invisibilité les protège, qu'elle exige un recul pour la bonne conduite de ses perspectives et de son relief [1].

La pièce achevée, je la confiai d'abord à Jean Vilar. Comme mes dates ne correspondaient pas avec les siennes, je la portai ensuite à Jean-Louis Barrault. En un mois, je fis la mise en scène, le décor et les costumes. Les artistes de la troupe du théâtre Marigny, accablés de travail par suite de l'alternance, s'imaginèrent que mon texte était facile à apprendre. Ils s'aperçurent vite que le style « chasseur sachez chasser sans chien » que j'emploie afin que les phrases ne coulent, les obligeait à respecter la moindre syllabe. Sinon, l'étoffe craque. Ils prirent goût à cette gymnastique grammaticale. Jean-Louis Barrault fut un cardinal de grande allure. On entendait un prélat de *la Chartreuse de Parme.* On voyait le jeune cardinal de Raphaël.

Nous jouâmes 1° devant un public de fournis-

1. Pourquoi ne jamais reprendre *Tête d'Or*, sinon que l'invisibilité de cette œuvre se protège?

seurs dont la réaction fut très favorable, 2° devant un public de gala dont la réaction se devine, 3° devant le public et les juges. Nous obtînmes un triomphe de bloc. Bloc où les personnalités se désindividualisent, laissent leur individualisme au vestiaire, et se perdent dans une hypnose collective que nos juges détestent. Nos juges s'individualisent en sens inverse et se ferment par esprit de contradiction. Il fallait s'y attendre. Mais l'invisibilité exigeait davantage pour arriver à ses fins. Le soir du gala, François Mauriac, poussé par quelque force aveuglante et assourdissante, crut entendre et voir une œuvre qui n'était pas la mienne, s'en offensa, et quitta la salle spectaculairement lorsqu'on me rappelait avec mes artistes. Suivait un dimanche où la troupe interprétait *l'Echange*. Je me reposais à la campagne. Je devinai que Mauriac allait écrire un article et m'amusai à lui répondre.

Le lendemain, l'article paraissait. Une « lettre ouverte » un morceau de bravoure fort lâche, d'où s'échappe une totale méconnaissance du monde que j'habite. Le procès d'une fable qui ne me concerne pas.

Un homme attaqué sur le rond-point des Champs-Elysées doit se défendre, même s'il y répugne. J'ajoutai quelques touches à ma réponse préalable, et la publiai sous le titre « Je t'accuse », dans le journal *France-Soir*. Je ne pouvais reprocher à Mauriac ses atavismes, son origine bordelaise. Je lui reprochais la faute de préjugement, d'usurper les prérogatives d'un prêtre et de s'asseoir à la droite de Dieu.

C'est une loy municipale que tu allègues, tu ne scays pas quelle est l'universelle.

Dieu n'est pas ton confrère, ton concitoyen, ton compagnon, s'il s'est aucunement communiqué à toy, ce n'est pas pour se ravaler à ta petitesse, ny pour te donner le contrôle de son pouvoir.

MONTAIGNE.

En vérité, Mauriac est resté un de ces enfants qui veulent se mêler aux grandes personnes. On en voit de cette sorte dans les hôtels. On a beau dire : « Il est tard, monte. Va te coucher », ils refusent d'obéir et dérangent tout le monde (Mauriac me l'a déclaré lui-même : *Je suis un vieil enfant déguisé en Académicien*). Par ailleurs, n'être pas de la famille d'esprits dont il voudrait être le pousse à écrire des articles sur les membres de cette famille. Il en résulte que, fussent-ils désaccordés, ces membres se ressoudent contre Mauriac, grâce à d'incessantes tentatives de participer à leurs luttes intestines et de les dresser les uns contre les autres.

François Mauriac rentre du théâtre. Il s'installe à sa table. Il va écrire sa *Prière sur l'Acropole.* Curieuse prière, curieuse Acropole. Curieuse lecture pour les Carmels. (Mauriac raconte qu'on y donne lecture de sa lettre ouverte). Je dirais plutôt qu'il se retourne, considère la chasse à l'homme que je traîne sur mes talons et, pour sonner l'hallali, embouche son cor de chasse.

Rien n'est plus grave que de manquer sa bête. Elle devient dangereuse. Mauriac manque sa bête. Mais la bête n'est pas méchante : il le sait. Voilà, en fin de compte, mon seul reproche.

Ma réponse était volontairement antilittéraire. Je ne tirais pas pour charmer la patronne du tir. Le sucre de cette lettre ouverte me déplaisait davantage que son vinaigre. Elle m'évoque les pièces montées de mon enfance et les groupes qui les ornent. On m'y voit attacher ma vieille mère à la colonne de Marigny (et je l'insulte). On m'y voit en insecte. On m'y voit en satellite. On m'y voit en costume d'arlequin, porté par les anges. Mauriac n'est pas naïf, il sait fort bien que mon œuvre n'a rien à voir avec celle d'Apollinaire ou de Max Jacob (sauf le respect qui leur est dû) et que ma pièce est une étude objective sur les prodromes de la Réforme, mais cela l'arrange de fausser les roues du véhicule pour qu'il verse. Il se livre à une tentative de sabotage.

Je suppose que Mauriac s'attendait à ce que son solo de cor de chasse, son arlequinade, entraînassent un cortège. Il se trompait. Non seulement le clergé ne le suivit pas (comme j'en ai eu la preuve en Allemagne) mais il s'attacha une casserole.

Le bruit de cette casserole se prolonge en lettres et articles qui me congratulent et m'importunent, car je reste persuadé que Mauriac est fort peu responsable, qu'il n'a été que l'instrument des forces qui sont l'objet de mon étude, d'une astuce de l'ombre en lutte contre la lumière de la rampe et des projecteurs.

On me rétorquera que le succès de la pièce infirme cette théorie. Je répondrai que l'arrêt du spectacle par suite du départ de la troupe en tournée la confirme, que c'est sans doute un des motifs pour lesquels je me suis adressé au théâtre Marigny de préférence à d'autres théâtres qui me demandaient *Bacchus* et qui l'eussent joué sans le rythme d'alternance et sans interruption.

Ajouterai-je que j'ai sans doute retiré ma pièce à Vilar parce que la presse le tabouisait au maléfice de Jean-Louis Barrault, tabou de la veille, détabouisé du jour au lendemain, sans autre raison que cette bougeotte d'une ville qui court d'idole en idole et ne s'amuse qu'à briser ses jouets.

Il est probable que ce transfert de pouvoirs et le nombre limité de représentations me firent me décider à l'encontre de toute logique et par obéissance secrète à des ordres plus subtils que les exigences du monde visible.

Une pièce de théâtre est plus convaincante qu'un film parce qu'un film est une histoire de fantômes. Les spectateurs n'y échangent pas d'ondes avec des êtres en chair et en os. La force du film est d'afficher ce que je pense, de le prouver par un subjectivisme qui devient objectif, par des actes irréfutables parce qu'ils se produisent devant les yeux.

On arrive, grâce à son véhicule vulgaire, à rendre l'irréalité réaliste. Seulement ce réalisme gagne sur l'irréalité, masque ses chiffres et laisse le spectateur à la porte.

Une de mes correspondantes me reproche les films, estimant que j'y découvre à trop de personnes ce qui doit rester couvert. Je lui expliquerai que le film se charge vite d'embrouiller ses secrets, et ne les livre qu'à de rares personnes, mêlées à la foule, distraite par la bousculade des images. Toutes les religions, je le répète, et la poésie en est une, protègent leurs secrets sous des fables et ne les laissent apercevoir qu'à ceux qui ne les pourraient jamais connaître si les fables ne les répandaient pas.

Au théâtre, les spectateurs, coude à coude, déroulent une vague qui asperge la scène, d'où elle revient plus riche, pour peu que les acteurs s'émeuvent des sentiments qu'ils simulent et ne se contentent pas d'en être les singes. Ce qui empêcherait le reflux.

Ma troupe de *Bacchus*, excitée par de sottes critiques, mettait tout en œuvre pour convaincre. Elle y parvenait.

Il n'en reste pas moins certain qu'il serait fou que les succès nous aveuglassent. Les malentendus que les succès suscitent ne doivent pas nous frapper davantage que ceux qui nous valent les sarcasmes. Nous retomberions alors dans l'orgueil des responsabilités. Nous perdrions cette haute indifférence d'arbre, indifférence d'où je me reproche de me laisser descendre trop souvent.

L'âme est d'une faiblesse absurde. Sa principale faiblesse est de se croire puissante, de s'en convaincre, lorsque chaque expérience lui démontre qu'elle est irresponsable des forces qu'elle expulse et qui se tournent contre elle aussitôt qu'elles mettent le nez dehors.

Note du 19 *octobre* 1952. — *Bacchus* au Schaüspielhaüs de Dusseldorf, avec Gründgens (prodigieux dans le rôle du cardinal). Au milieu des acclamations interminables de ce public d'un catholicisme ou d'un protestantisme sévères et le lendemain, en lisant les remarquables études des journaux, je me suis vraiment demandé si la presse française et la presse belge n'avaient pas été victimes d'un phénomène d'hallucination collective.

Note 2. — Dans un hôtel, un prêtre prenant pour râles érotiques de la chambre voisine ceux d'un moribond, et frappant contre le mur au lieu de lui venir en aide, c'est à quoi je songe en lisant les articles de Mauriac contre Genet.

Que de frivolité sous ces uniformes et sous ces honneurs! Frivolité qui en accuse les autres et qui ne table que sur le visible.

DES PERMANENTES

LORSQUE je surveillais la teinture de mes artistes pour le film *Orphée*, je m'intéressai beaucoup à tendre l'oreille, à écouter ces dames que les casques assourdissent et qui parlent à voix haute, sans se rendre compte qu'on les entend.

Nous sommes dans un monde où les problèmes du visible et de l'invisible, de la responsabilité et de l'irresponsabilité, ne se posent pas. Un monde fidèle au chiffre 4. Ce monde fait penser à la description d'une vache par une petite fille : *La vache est une grosse bête avec quatre pattes qui descendent jusque par terre.*

Nos dames sont assises dans leur certitude d'être là. Le casque pharaonique du séchoir leur ajoute un air de puissance royale, de permanence que leur vaut la permanente. De sibylle de Delphes. Elles cuisent. Elles fument. Des oracles s'échappent de leurs bouches.

Une dame désigne à sa manucure une jeune fille reflétée par plusieurs miroirs. *Pauvre petite! Sa mère lui donne un million par mois. Comment voulez-vous qu'elle s'en tire?*

Une Minerve casquée se confesse à une autre : *Moi, je ne suis sensible qu'aux petites choses. Je supporte les grandes avec courage. Vous savez comment j'ai supporté la mort de mes fils. Mais je me révolterais de n'avoir plus de beurre. C'est drôle. C'est ma nature.*

Une patiente criait, en désignant une employée malade : *Regardez sa mine. C'est une morte! Une morte!* La malade entendait et se décomposait.

Je pourrais multiplier les exemples d'un égoïsme naïf. Je songeais aux spectacles de gala où l'on invite les permanentes. Et je retournais à mes interprètes modestes passant du brun au blond par l'exigence des spécialistes. J'imaginais le film, véritable tunnel de glaces où j'allais pénétrer et à cette salle que les producteurs nous imposent, salle où s'asseyent ces dames et leurs époux, fiers de leurs boucles.

Pendant l'occupation allemande, nos dames étaient permanentées par l'entremise de pauvres diables qui pédalaient dans la cave. Leurs jambes assuraient le courant électrique.

Ici, l'ombre s'épuise, étrangère au corps qu'elle perfectionne. Une main dans un bol d'eau tiède, l'œil fixé sur leur propre image, attentives à la métamorphose, au travail dont elles attendent une transfiguration, incapables de descendre en elles-mêmes, comment ces dames descendraient-elles plusieurs étages, plaindraient-elles la troupe invisible qui les sèche? L'essence qui alimente leur machine rudimentaire est cependant celle qui alimente la machine complexe du génie. Elles ont une âme. Elles ont *de l'âme.* Grâce à cette âme fonctionne un véhicule où l'invisible ressemble au visible. La patience de ces véhicules est sans limite en ce qui concerne l'espoir d'un progrès externe. En ce qui concerne un progrès interne, le contentement de soi les en dispense.

Car, s'il arrivait un prodige, si les cyclistes de la cave fabriquaient à leur usage quelque lumière morale, quelque crainte, quelque inquiétude, quelque remords, une débâcle leur découvrirait le vide casqué qu'elles représentent. L'effroi leur ferait, comme le disait l'une d'elles, *dresser les cheveux sur la soupe.* Elles mourraient assises, la bouche ouverte en forme de cri.

Voilà le public auquel nous condamne une vieille paresse qui s'obstine à le prendre pour une élite. L'argent a changé de poche et l'élite changé de place. Elle est devenue innombrable. Elle se presse aux galeries des théâtres où les couples enlacés écoutent et regardent au lieu de s'observer entre eux. Elle est apte à sortir d'elle, à projeter des ondes qui enrichissent le spectacle. Elle collabore. Elle ne boude pas ce qu'on lui offre. Elle boude les salles dont le prix des places lui ferme l'accès.

Nous ne féliciterons jamais assez Jean Vilar de son entreprise. Entreprise à laquelle j'attache, historiquement, la plus grande importance. Dans ses salles du *Cid* et du *Prince de Hombourg,* on retrouve ce qu'on craignait de perdre. Je l'ai aussi retrouvé en Allemagne où le public arrive à l'heure, ne se lève pas avant la fin, acclame ses artistes.

Car les permanentes et leurs époux arrivent au milieu du premier acte. Ils se hâtent, avant la fin, de rejoindre leurs semblables dans des boîtes où ils jugent ce qu'ils viennent de ne pas voir.

Il est probable que la fatigue de pédaler sur place provoquait, chez les cyclistes, des rêves plus proches des nôtres que les vagues rêvasseries de la fatigue du casque.

★

Les jeunes filles qui travaillent dans ces enfers dont nos dames supportent les supplices avec héroïsme, racontent que ces supplices mènent aux confidences. Ils éveillent la psychanalyse. Mais ce qui s'échappe de l'invisible n'illustre que ce que l'on voit. La marmite déborde. La jeune fille qui écoute est de la race des cyclistes obscurs. Elle est anonyme. Elle n'est qu'un dépotoir.

Les permanentes se vident de leur vide, et cela complète la séance. La cure est double. Elles en sortent toutes neuves. En ôtant la blouse blanche, elles s'imaginent laisser dans la jeune fille et dans le casque la couleur de leur âme et celle de leurs cheveux.

Mlle Chanel, qui s'y connaît, arrive sur la Côte, après avoir assisté au *Prince de Hombourg*, chez Vilar. Elle me rapporte que derrière elle s'étaient échouées deux de ces dames cuites, fort craintives de la jeunesse qui les entourait et qu'elles croyaient communiste.

L'une d'elles consultait la notice : *La pièce est d'un Boche*, murmurait-elle à sa voisine. *Il s'appelle Kleist et il s'est suicidé. — Tant mieux*, dit l'autre, *cela en fera toujours un de moins.*

D'UNE JUSTIFICATION DE L'INJUSTICE

Chez un autre accusé, Cocteau...

SARTRE. *Saint Genet*

LA jeunesse est injuste. Elle se doit de l'être. Elle se défend contre l'invasion de personnalités plus fortes que la sienne. Elle se livre d'abord. Ensuite, elle se met sur la défensive. D'un jour à l'autre, elle résiste. L'amour et la confiance qui l'habitaient lui apparaissent comme une maladie. Sa hâte à combattre cette maladie la trouve sans armes. Elle s'en improvise. Elle se tourne contre l'objet de sa confiance et le piétine, d'autant plus fort qu'en le piétinant, elle se piétine. Elle imite alors le meurtrier qui s'acharne sur de l'inerte.

J'aurais mauvaise grâce à me plaindre d'une jeunesse iconoclaste. Quand j'étais jeune, n'ai-je pas accusé mes amours? Et, en tête, *le Sacre* de Strawinsky, lequel m'envahissait jusqu'à ce que je le prisse pour maladie et cherchasse à m'en prémunir. La jeunesse médite de remplacer un tabou par un tabou. On se demandera (comme me le demanda Strawinsky dans le sleeping du chapitre « Naissance d'un Poème ») pourquoi je n'attaquai jamais le tabou Picasso. Strawinsky voulait dire : « Puisque l'attaque était chez toi un réflexe défensif d'adolescence, pourquoi Picasso qui occupait aussi tout ton territoire, n'a-t-il jamais excité ce réflexe? » Cela vient sans doute de ce que Picasso change si vite ses voltes de matador, sa cape rouge passant à droite lorsqu'on la croyait à gauche, sa banderille se plantant à l'improviste dans notre cou. J'aimais sa cruauté. J'aimais qu'il dénigrât ce qu'il aime. J'aimais ses accès de tendresse dont on se demande toujours ce qu'ils effacent. Nul ne soignait mieux ses abeilles, ne mettait plus de masques, ne faisait plus de tapage pour déplacer son essaim. Tout cela distrait l'ennemi que la jeunesse amoureuse porte en elle.

Maurice Sachs avait un charme extrême. Ce charme s'affirme après sa mort. Je ne pourrais dire où ni comment je l'ai connu. Il ne quittait guère ma maison. Il hantait les cliniques où ma santé m'obligeait à vivre de longues périodes. Sa bonne figure, grand ouverte, m'était si familière que le souvenir m'en est sans date. S'il me volait, c'était pour m'acheter des cadeaux. Et si je parle de vols, c'est qu'il s'en fait gloire.

Lorsque Maurice n'avait pas le sou, il bourrait sa poche de papier hygiénique. Il l'y froissait, et se croyait la poche pleine de billets de mille. Cela, disait-il, me donne de l'assurance.

Je ne saurais geindre d'avoir été dupe. Il n'en incombe à personne d'autre qu'à moi. J'ai toujours préféré les voleurs à la police. N'est pas volé qui veut. Encore faut-il que la confiance règne. Elle régnait avec Sachs. Je le répète, il donnait plus qu'il ne prenait et prenait pour donner. Ce style de vol ne peut se confondre avec le vol sordide, non plus qu'avec le vol qui met en œuvre une manière de génie inventif contre lequel aucun génie analogue ne nous protège.

★

Une année, où je séjournais à Villefranche, Maurice emporta dans une charrette tout ce que contenait ma chambre parisienne. Mes livres, mes dessins, ma correspondance, mes manuscrits. Il les vendit par liasses, et sans contrôle. Il imitait mon écriture à s'y méprendre. J'habitais encore rue d'Anjou. Il se présenta chez ma mère avec une fausse lettre où je lui laissais les mains libres.

Lorsqu'il dirigea une collection chez Gallimard, les volumes d'Apollinaire et de Proust, sur la page de garde desquels ils m'écrivirent des lettres, circulaient en salle des ventes. On les exposait aux vitrines. Comme on me rendait responsable de ce scandale, j'éclairai la lanterne de Gallimard. Il convoqua Sachs, lui déclarant qu'il ne pouvait le laisser à son poste. Sachs demanda quelques minutes. Il disparut et reparut avec une lettre de moi, d'une écriture fraîche. Cette lettre le priait de vendre d'urgence mes livres, correspondance et manuscrits. *Voyez*, déclara Maurice, *combien je pardonne à Jean ses phantasmes, je brûle sa lettre.* Il alluma son briquet et la brûla. Gaston Gallimard, en me rapportant ce tour de passe-passe, me dit que c'est en brûlant la lettre qu'il était arrivé à le convaincre. Et nous rîmes de son adresse à se disculper en supprimant un faux.

Même démasqué, Maurice continuait d'enjôler ses dupes. Il partait de ce principe que les gens s'amusent des mésaventures des autres sans craindre une seconde qu'elles leur puissent arriver à eux. Pendant l'occupation, les Israélites lui confiaient zibelines et bijoux. Et si l'on me demande quelle fut mon attitude sur la Côte lorsque les libraires m'apprirent qu'ils possédaient des marchandises suspectes, je répondrai que j'avais la cagne. La cagne est une maladie toulonnaise. Jadis, la voiture du préfet maritime contournait un cagnard endormi sur la route. La cagne, c'est la flemme, le farniente italien. Maurice aussi avait la cagne. Sa cagne était roublarde. Elle l'engraissait et il s'y laissait tomber de tout son poids.

Peu avant son départ pour l'Allemagne, il me téléphona un matin, après une année de silence. Il allait mourir à l'hôtel de Castille. Il me suppliait de m'y rendre.

Dans sa chambre de l'hôtel de Castille, je le trouvai au lit et fort pâle. *Je n'ai*, dit-il, *aimé que vous. Votre amitié m'étouffait. J'ai voulu m'en déprendre. J'ai écrit mensonges et insultes à votre adresse. Pardonnez-moi. Ordre est donné qu'on les détruise.*

Maurice n'est pas mort à l'hôtel de Castille. Il a trouvé la mort à Hambourg, dans des circonstances lamentables. Ses livres ne furent pas détruits. Ils paraissent, au contraire, les uns par l'entremise de notre ami commun, Yvon Bélaval. D'autres attendent. C'est Gérard Mille qui les possède.

Je ne partage pas l'opinion de mes amis que ces insultes fâchent. Maurice m'a dit la vérité, la sienne, comme celle de nous tous. J'estime que ses insultes à mon adresse témoignent d'une empreinte profonde. C'est, du moins, l'angle sous lequel je les observe. Comme je l'expose au commencement de ce chapitre, il se fabrique n'importe quelles armes et m'en assiège à tort et à travers. On devine que rien de ce qu'il affirme il ne le pense. Et qui ne comprend pas pourquoi il s'accable et m'accable, ne peut comprendre ses écrits. Il tire son fluide de cet acharnement à expulser ce qui le gonfle. Sa méthode est défensive et offensive. Sa course à la mort qu'on pourrait prendre pour une fuite, en est la consécration.

Maurice Sachs est l'exemple type de l'autodéfense contre un envahisseur. Plus il offense plus il se frappe. Et il se frappe aussi la poitrine selon le rite de ses coreligionnaires devant le mur de Jérusalem. C'est par ce vertige de coups qu'il fascine et connaît le succès posthume. Mais son cynisme n'intéresserait personne s'il n'était qu'aveux et mensonges. Il intéresse parce qu'il est d'ordre passionnel. Maurice avait la passion d'autrui et de son propre personnage. Ses œuvres sont le terrain de la lutte qu'il mène entre ces deux sentiments. Sa jeunesse l'empêche de les faire cohabiter. S'il veut vivre, il faut qu'il tue. Mais il ne vise que la personne visible. L'autre lui échappe.

Longues furent les routes qui le conduisirent à cette méthode. Il se livrait à l'amitié avec franchise et sans calcul. De son amitié, ni Max Jacob, ni moi, n'eûmes à nous plaindre. Il nous respectait. Jamais il ne m'a tutoyé. Je le tutoyais et, d'habitude, la jeunesse n'éprouve pas cette nuance. J'étais souvent incommodé de ce que les très jeunes poètes tutoyassent Max Jacob.

Dès le *Potomak*, je décidai de me construire une morale. Mais elle était loin d'être construite, lorsque je passai à l'attaque. La morale de Maurice n'existait pas. Avec une grande adresse, il décida soudain de s'en faire une négative. Une morale avec une absence de morale. De cette minute, il s'y employa de toute son active paresse. Aucun de nous ne soupçonna qu'il écrivait continuellement. On ne le voyait jamais écrire. Il est vrai qu'il commença d'écrire lorsque l'attitude de mes amis me commanda de renoncer à son commerce.

Maurice écrivait sans relâche. Il se raconta. Il osa prendre relief par l'étalage de ce que l'homme baptise turpitudes, et qui n'est que l'obéissance aux instincts que condamne la morale courante. En ce qui concerne les aveux sur sa sexualité, la nature malaxe les mœurs dans sa machine. Les films du règne végétal, dont j'ai parlé plus haut, nous renseignent. C'est par un emploi hasardeux du sexe qu'elle (la nature) alterne son économie et sa prodigalité. Car, si ses créatures n'usaient du plaisir qui accompagne l'acte reproductif qu'à cette fin, elle encombrerait son habitacle. Elle pousse au désordre visuel, afin de protéger son ordre invisible. On constatait ce sage désordre dans les îles du Pacifique. Les jeunes indigènes se pliaient à la norme avec réserve et les femmes accouchaient dans la bouse de vache pour que seuls les enfants robustes survécussent. Jusqu'à ce que les Européens vinssent mettre de l'ordre, c'est-à-dire apportassent les robes, l'alcool, le prêche, le surnombre et la mort.

Sachs ne cherche pas si loin. Il glisse sur sa pente. Cette pente versera peut-être une pièce instructive au tribunal dont tant de jeunes gens qui se croient coupables, craignent la sentence. Je sais qu'il fanfaronne et qu'il trompe. Mais, dans l'ensemble, en lisant à travers les lignes, j'approuve qu'il prenne le contrepied des hypocrites et qu'il s'acharne à plaider le faux pour qu'on devine le vrai.

Si je cherche à me rappeler Maurice, ce n'est pas dans ses livres que je le trouve. C'est dans les années passionnantes où la politique des lettres divisait nos milieux, les alliait et les opposait. Maurice courait d'un camp à l'autre. Il ne trahissait pas. Il écoutait, riait, aidait, se mettait en quatre afin de se rendre utile. Je le grondais assez souvent.

Lorsqu'il entra au séminaire, j'alertai Maritain. Je savais qu'il y entrait pour fuir ses dettes. Maritain passa outre. Sa noblesse espérait en ce refuge. Il sauverait Maurice de dettes plus graves et qui lui seraient remises. Maurice devint séminariste. Nous le vîmes porter la soutane, introduire dans sa cellule les cigarettes américaines et un tub. Sa charmante grand-mère, Mme Strauss, se désespérait que l'on ne s'y pût laver.

Un jour, à Juan-les-Pins, comme il se conduisait fort mal, je lui conseillai de reprendre l'habit civil. Il s'ennuyait déjà dans son rôle. Il s'inclina de bonne grâce, et tel était son charme, que le R. P. Pressoir, provincial du séminaire, me reprocha d'avoir été « bien vite en besogne ».

Pauvre Maurice. S'il n'avait pas été l'avant-garde d'une époque où les commandos de toute sorte furent à la mode, que saurait-on de lui? Je l'approuve d'avoir donné un air de force à ses faiblesses. Bon gré, mal gré, ma morale exige que j'excuse la sienne, que je l'accueille dans mon Panthéon.

Claude Mauriac me fournira un deuxième exemple.

Son père était l'ami de ma jeunesse. Je l'adoptai donc comme un fils. Je demeurais alors place de la Madeleine. Ma maison lui était ouverte. Si l'on désire entrer dans ma maison, on y entre. Si l'on s'y plaît, on y reste. Je me refuse à prévoir. Et lorsque l'on me demande ce que j'emporterais de ma maison si elle brûle, je réponds : le feu.

A Versailles, où je commençais *la Machine à Ecrire*, et où il m'avait accompagné, il me demanda si cela me dérangerait qu'il prît note de mes paroles. Il regrettait que les gens me connussent mal, et projetait un livre sur ma personne. Je pouvais empêcher les notes. Elles me déplaisent. Je ne pouvais empêcher le livre. Il me l'offrait de bon cœur.

On connaît ce livre. L'amitié y éclate sous l'insulte et l'inexactitude. Claude ment et son arme est de m'accuser de mensonge. A un journaliste, il déclarera qu'il m'aime et que cela saute aux yeux. Il me l'a prouvé dans la suite. Nous nous retrouvâmes à Venise, place Saint-Marc, après une projection privée des *Parents Terribles*. Je lui pardonnai d'autant mieux que les brouilles me répugnent et que les mobiles de son acte m'étaient connus. Avec Sachs, j'avais démonté le mécanisme.

Claude loua *Orphée,* en deux articles remarquables. Mais le réflexe jouait encore. Il ne pouvait se résoudre à suivre son cœur. Il publia un nouvel article où il se rétractait et prétendait qu'*Orphée* se dévalorise devant une salle froide. Il eût été normal qu'il attaquât cette salle. Il attaquait le film. Seulement la patience de ma morale est sans limites, et je souhaite que ses zigzags conduisent Claude à s'en forger une. Celle de Sachs ne lui conviendrait pas.

Je suppose qu'il regretta ce dernier article. Une récente lettre de lui me le laisse entendre. L'affaire *Bacchus* nous évita une reprise du régime de la douche écossaise.

Les attitudes de Maurice et de Claude ne se ressemblent pas et se conjuguent. Maurice bavarde. Claude rumine. On retrouve chez eux le signe d'une jeunesse qui se ferme à l'élan. Cette angoisse de l'élan est aussi fréquente chez les jeunes que « l'angoisse de l'acte » observée par les psychanalystes. Un contre-élan s'enfonce à l'inverse. Il puise son énergie dans la crainte de se laisser aller et d'être découvert. Une pudeur s'y tourne en invectives. La bonté devient synonyme de bêtise, la méchanceté synonyme d'intelligence. Comme le dit Hans au cardinal de *Bacchus : Le drame est là.*

L'âge nous apporte une santé robuste qui ne s'inquiète plus des invasions. Si des forces étrangères nous envahissent, nous savons reculer et creuser un vide qu'elles comblent sans contaminer les nôtres. Nous ne craignons plus d'admirer des œuvres contradictoires. Nous ne cherchons plus à triompher d'elles. Elles deviennent nos hôtes. Nous les recevons royalement.

Gide obéissait au mécanisme de la jeunesse. Il s'y empêtra jusqu'à la fin. Je ne parlerais pas de lui dans ce chapitre s'il n'en éclairait le sens par l'usage qu'il faisait de méthodes, inconscientes chez les jeunes, et chez lui parfaitement conscientes. Son désir de jeunesse le mêlait à des intrigues où il oubliait son âge. Il se conduisait alors avec une légèreté qu'il lui fallait légitimer dans la suite. Il me fournira donc, en marge, un troisième exemple, d'autant plus frappant que les défenses y sont sournoises, les armes courbes.

Dans ce chapitre, où je cherche à excuser mes agresseurs, il m'importe d'élargir le cadre, de découvrir des excuses à Gide lorsqu'il m'attaque dans son journal, et quel fut l'apport des jeunes véhicules qui circulaient entre nous.

Je venais, en 1916, de publier *le Coq et l'Arlequin*. Gide en prit ombrage. Il craignait que les jeunes se détournassent de son programme et de perdre des électeurs. Il m'appela comme un élève en faute chez le maître d'école, et me lut une lettre ouverte qu'il me destinait.

On m'adresse pas mal de lettres ouvertes. Dans celle de Gide, je figurais en écureuil, et Gide en ours au pied de l'arbre. Je sautais des marches et de branche en branche. Bref, je recevais une semonce et je devais la recevoir en public. Je lui déclarai qu'à cette lettre ouverte je comptais répondre. Il renifla, opina du bonnet, me dit que rien n'était plus riche, ni plus instructif que ces échanges.

On se doute que Jacques Rivière refusa de publier ma réponse dans la *N. R. F.* où Gide avait publié sa lettre. Elle était assez rude, je l'avoue. J'y constatais que la maison de Gide, villa Montmorency, ne regardait pas en face, que ses fenêtres donnaient toutes de l'autre côté.

Gide avait déjà reçu une douche de ce genre. Elle venait d'Arthur Cravan dont il tira *Lafcadio.* Cravan était un colosse mou. Il me visitait, s'étendait, s'étalait, les pieds plus hauts que la tête. Il m'avait confié les pages où il raconte une visite de Gide dans sa mansarde, visite fort analogue à celle de Julius de Baraglioul.

Mais de ces pages et de cette visite, Gide, selon sa coutume, a tiré profit. Il n'avait aucun profit à tirer de ma réponse, sauf d'y répondre, à quoi il ne manqua point. Il chérissait notes et notules, réponses aux réponses. Il répondit à la mienne dans les *Ecrits Nouveaux* qui l'avaient publiée.

Avouerai-je ne l'avoir pas lue? Je tenais à me mettre en garde contre un réflexe, contre une cascade effrayante de lettres ouvertes. Le temps passa. Vinrent Montparnasse et le cubisme. Gide se tenait à l'écart. Il savait oublier les offenses, surtout celles qui sortaient de sa plume. Il me téléphona et me pria de prendre en charge (mettons Olivier). Son disciple Olivier *s'ennuyait de sa bibliothèque.* Je l'initierais aux cubistes, à la jeune musique, au cirque dont nous aimions les gros orchestres, les gymnastes et les clowns.

Je m'exécutai, avec réserve. Je connaissais Gide et sa jalousie presque féminine. Or, le jeune Olivier trouva fort drôle d'énerver Gide, de lui rebattre les oreilles avec mon éloge, lui déclarant qu'il ne me quittait guère et savait *le Potomak* par cœur. Je ne devais l'apprendre qu'en 1942, avant mon départ pour l'Egypte. Gide se confessa et m'avoua qu'il avait voulu me tuer *(sic)*. C'est de cette histoire que naquirent les crocs-en-jambe de son journal. Du moins, les mit-il sur ce compte.

Il n'avouait pas que j'avais eu toutes les peines du monde à le convaincre de lire Proust. Il le traitait d'auteur mondain. Sans doute, Gide m'en voulut d'être arrivé à le convaincre, lorsque Proust peupla la *Nouvelle Revue Française* de ses merveilleuses pattes de mouches. Elles fourmillaient rue Madame. On les y déchiffrait sur plusieurs tables.

Le jour de la mort de Proust, Gide me chuchota chez Gallimard : *Je n'aurai plus ici qu'un buste.*

Il mêlait en sa personne le Jean-Jacques Rousseau botaniste, et le Grimm de chez Mme d'Epinay. Il me rappelait cette interminable, cette harcelante chasse à courre aux trousses d'un gibier maladroit. Il combinait la peur de l'un et la ruse des autres. Il advenait que meute et gibier se confondissent en lui.

Le postérieur de Jean-Jacques, c'est la lune de Freud qui se lève. Gide ne répugne pas à ces exhibitionnismes. Mais si on le contourne, on découvre le sourire de Voltaire [1].

1. Comme je demandais à Genet pourquoi il refusait de connaître Gide, il me répondit : « *On est accusé ou juge. Je n'aime pas les juges qui se penchent amoureusement vers les accusés.* »

★

Je ne m'attarderai pas sur les responsables des inexactitudes qui déforment mes moindres gestes. Je m'en suis expliqué ailleurs. En parlant de Gide, je ne songeais qu'au labyrinthe où il attirait les jeunes, où il aimait se perdre avec eux. Le mécanisme de révolte s'est mis en marche après sa mort. On injuria son cadavre. C'est sa sauvegarde. On l'avait trop exploité, commenté, gratté, vidé. Son invisibilité n'était que visibilité mise à l'étude. Il bénéficiera des iconoclastes. Il y prendra de l'ombre. Il avouait de petites choses pour en cacher de grandes. Les grandes surgiront et le sauveront.

J'aimais Gide et il m'agaçait. Je l'agaçais et il m'aimait. Nous sommes quittes. Je me souviens que lorsqu'il écrivait son *Œdipe* après les miens *(Œdipe-Roi, Antigone, Œdipus Rex, la Machine Infernale)*, il me l'annonça sous cette forme : *Il y a une véritable « Œdipémie »*. Il excellait à prononcer les syllabes de mots difficiles. Il semblait les sortir de quelque citerne.

Au terme de sa vie, il vint dans ma maison de campagne avec Herbart. Il souhaitait que je fisse la mise en scène d'un film qu'il tirait d'*Isabelle*. A l'œil d'Herbart, je devinai qu'il pataugeait. Le film était médiocre. Je le lui expliquai dans une note écrite, et qu'on attendait plutôt de lui un film des *Faux-Monnayeurs*, ou des *Caves*. Il jubilait de m'entendre lire une note. Il empocha cette note. Il est possible qu'on la retrouve dans quelque tiroir.

Nos contacts furent agréables jusqu'à sa fin,

jusqu'à la lettre où Jean Paulhan me le décrivait comme pétrifié sur son lit de mort.

Il n'en reste pas moins évident qu'il y a ceux qui peuvent offenser, et ceux qui doivent encaisser les offenses. On me reprochera d'attaquer mes agresseurs. Je ne les attaque pas. Je me penche sur leurs responsabilités et leurs irresponsabilités. Visible et invisible y gagnent ensemble. Gide, Claude Mauriac, Maurice Sachs, retardent qu'on ne me désosse et que l'on ne mange ma moëlle. Ils me servirent sans le savoir.

En outre, j'estime que les effluves qui provoquent les attaques d'un certain ordre, émanent beaucoup plus de l'accusé que du juge. Dans une zone où le litige de responsabilité n'existe pas, juge et accusé sont aussi responsables et irresponsables l'un que l'autre.

DES LIBERTÉS RELATIVES

« Je veux bien exposer, mais non m'exposer. » Voilà ce que je répondais à un journaliste parisien qui me conseillait de faire à Paris une exposition de mes toiles.

Pour une fois, il m'est loisible de servir l'invisibilité en me servant moi-même. Chose assez rare pour que j'en profite.

J'ai eu la chance de voir mes toiles et tapisseries accrochées (au lieu d'être pendues) dans les salles de la nouvelle Pinacothèque de Munich *(Haus der Kunst)*. Une foule attentive circulait et les étudiait. A Paris, je connais la rengaine : « De quoi se mêle-t-il encore? Pourquoi peint-il? Qui l'autorise à peindre? » Et autres gentillesses dont je me passe.

Je ne suis pas peintre et ne me vante pas de l'être. J'ai peint parce que je me reposais de dessiner, que le dessin est une écriture, et qu'il arrive que l'écriture me fatigue. J'ai peint parce que je me fabriquais un véhicule neuf. J'ai peint parce que j'aime l'acte de peindre. Il supprime les intermédiaires. J'ai peint, figurez-vous, parce qu'il me plaisait de peindre.

Il est possible que j'y renonce et que ce véhicule dérange ma nuit toute-puissante, qu'il la gêne de prendre cette figure en plein jour, de se montrer en plein jour, la figure peinte.

Ces toiles et tapisseries vivront comme il leur conviendra, souffriront et se promèneront comme des personnes, libres d'aller où elles le veulent. Pendant que j'écris ces lignes, elles voyagent de Munich à Hambourg, de Hambourg à Berlin, où d'autres salles et d'autres regards les attendent.

Deux étés allègres (celui de 1950 et celui de 1951), deux étés où je tatouais la villa Santo Sospir comme une peau, où je maniais ensuite l'attirail du peintre. Deux étés où je devenais mur et toile, où j'obéissais à mes ordres, sans qu'aucun tribunal me jugeât.

C'est de bonne prise, entre nous. On peut détruire mes toiles et me détruire. On peut détruire nos formes visibles. La perspective du temps et de l'espace empêche qu'on en détruise l'invisibilité. Car une œuvre déborde son existence propre. Elle se propulse même détruite. Knossos en parfume ses décombres [1]. Que nous reste-t-il d'Héraclite? Cependant, il nous parle, il est notre ami.

Si j'écris, je dérange. Si je tourne un film, je dérange. Si je peins, je dérange. Si je montre ma peinture, je dérange et je dérange si je ne la montre pas. J'ai la faculté de dérangement. Je m'y résigne,

1. A Knossos, peu à peu, les ruches des collines rases de Crète nous conduisent à la ruche ouverte du palais, véritable labyrinthe, construit par Dédale pour Minos. Les portraits des fresques nous montrent des personnages à tailles d'abeilles, allant de fleur en fleur, fabriquant peut-être le miel d'or dont est fait le pendentif du musée de Candie, où deux abeilles se tiennent face à face.

car j'aimerais convaincre. Je dérangerai après ma mort. Il faudra que mon œuvre attende l'autre mort lente de cette faculté de dérangement. Peut-être en sortira-t-elle victorieuse, débarrassée de moi, désinvolte, jeune, et criant : Ouf! Ce fut le sort de bien des entreprises que je respecte, sort qui semble improbable à notre époque, convaincue qu'elle est omnisciente, extra-lucide, que rien n'échappe à son œil. Car l'invisibilité emploie d'innombrables ruses. Elle est prestidigitatrice, et jamais elle ne recommence le même tour.

Comment peindre sans être peintre? Je veux dire peintre-né. Un de ces peintres qui échappent à l'analyse. Auguste Renoir en est l'exemple, arbre noueux qui fleurissait en toute saison. Le soir, il essuyait ses pinceaux sur de petites toiles qui devinrent des chefs-d'œuvre et dont je possède quelques-unes. On disait à Renoir : « Vous devez être fier de ce que vos œuvres atteignent de tels prix en salle des ventes. » Et Renoir répondait : « On ne demande pas à un cheval s'il est fier d'avoir gagné le Grand Prix. »

Reste de se poser des colles et d'essayer de les résoudre. De se faire une idée d'un tableau possible, de copier cette idée jusqu'à ce que le tableau lui ressemble. D'organiser une rencontre entre l'abstrait et le concret. Faute de science (ou de prescience), de tirer une lumière de soi pour la distribuer tant bien que mal. Notre ombre ne déteste pas une nouvelle machine. Elle nous tyrannise moins. Quel calme! De ce calme, il s'incarne quelque chose. Bonne ou mauvaise, la toile que je regardais en face me regarde en face, et je n'ose plus regarder cette toile qui me regarde. Du reste, elle se lasse. Elle commence à vivre d'une vie inquiétante qui se détache de la nôtre et se moque de nous. Peu importe ce qu'elle représente. Elle a pompé nos forces profondes. Elle y puise une jeunesse que notre vieillesse assomme. Elle la dédaigne et médite de prendre le large. Elle le prend. Et je me vante lorsque je m'estime libre d'exposer ou de ne pas exposer mes toiles. Elles sont libres de me désobéir.

Quel drôle de livre! Il me nargue. Il se répète. Il me pousse dans tous les sens. A se mordre la queue, il forme un cercle où s'inscrivent toujours les mêmes vocables. Combien me pèsent les termes *visibilité, invisibilité!* Combien j'en voudrais débarrasser le lecteur! Qu'y puis-je? On me les dicte. Et si je m'insurge, je m'inspire de ce qu'on me dicte. Je me flatte d'être en fuite. Or, je me retrouve à l'endroit d'où j'étais parti.

Sans cesse, il m'arrive ce qui adviendrait à une créature plate qui habiterait une maison plate et ne concevrait pas la courbe. Elle marche sur une boule. Elle marche, elle se sauve, elle s'éloigne. Un jour la créature plate aperçoit devant elle la maison plate qu'elle fuyait et avait laissée dans son dos.

Le Potomak, la Fin du Potomak, Opium, Essai de Critique indirecte, autant de livres où je rôdais autour du vide. Cette fois, je l'aborde. Je l'inspecte. Je cherche à le prendre en traître. *Cherche! Cherche!* Voilà ce que me souffle un cache-cache funeste. Voilà ce que disent les personnes qui ont caché un objet en évidence et qui rient de notre maladresse à le découvrir. Mais je m'obstine. Car il advient que nous dupions qui nous dupe. C'est, il me semble, la tâche du poète que de traquer l'inconnu et, si l'inconnu le pipe, comme il pipe Orphée, par le cheval de ma pièce et par la Rolls de mon film, Orphée ne s'en trouve pas moins engagé dans son règne. Il brave l'invisible. Il joue à qui perd gagne, alors que ceux qui servent le visible ne peuvent jouer qu'à qui gagne perd.

Et tout cela : tableaux, dessins, poèmes, pièces, films sont du temps et de l'espace qu'on découpe, une grosse épaisseur pliée de temps et d'espace. Cette épaisseur résiste au découpage. Elle ne montre qu'encoches, fentes, trous, étrangers les uns aux autres. A l'intérieur de la pliure, ces trous, fentes, encoches organisent une dentelle, une géométrie. Il faudrait que le temps et l'espace pliés se dépliassent pour nous permettre de les voir. C'est pourquoi j'admire chez Picasso une rage à découper cette épaisseur, à déplier l'indépliable. Une rage contre les surfaces. Rage qui le pousse à casser tout, à en refaire autre chose, à casser ce quelque chose d'autre parce qu'il rage, à fabriquer des limes, à scier et à tordre les barreaux de sa prison.

Que peuvent comprendre à nos révoltes les gens qui pensent que l'art est un luxe? Savent-ils que nous sommes des bagnes? Savent-ils que nos œuvres sont des forçats qui s'évadent? Savent-ils que c'est à cause de cela qu'on tire dessus et qu'on lâche les chiens?

Et j'enrage aussi de mon encre, de ma plume, et du pauvre vocabulaire dans lequel je tourne comme un écureuil qui croit qu'il court.

Il advient que mes [illegible] qui nous [illegible]. C'est [illegible]

[illegible]

Et voir cela [illegible] de deux peuples [illegible] ainsi sont [illegible] l'histoire qu'on [illegible] une grosse [illegible] de temps [illegible] l'esclavage [illegible]

[illegible]

C'est [illegible] écouter cette [illegible] incompréhensible [illegible]

[illegible] procès.

[illegible] comprendre [illegible]

[illegible]

DES TRADUCTIONS

DANS le train. PREMIER MONSIEUR : *Quelle heure est-il?* DEUXIÈME MONSIEUR : *Mardi.* TROISIÈME MONSIEUR : *Alors c'est justement ma station.* Il est difficile de se comprendre.

A l'hôtel de Padoue, un touriste demande au concierge : *Pouvez-vous m'indiquer où se trouvent les Giotto?* Réponse : *Au bout du couloir à droite.* Il est difficile de se comprendre.

Si la terre était à plus grande distance du soleil, elle ne pourrait encore savoir s'il se croûte, et le soleil nous verrait encore avec l'aspect d'un soleil. Ils se chaufferaient, sans feu, l'un et l'autre. Il est difficile de se comprendre.

Il est surtout difficile de se comprendre sur notre globe où les langues dressent entre les œuvres des murailles infranchissables. Lorsque les œuvres franchissent ces murailles, elles grimpent d'un côté, et retombent de l'autre sous un déguisement qui échappe à notre police. Rares sont les auteurs qui ont bénéficié d'une escalade.

La traduction ne se contente pas d'être un mariage. Elle doit être un mariage d'amour. On m'affirme que Mallarmé, Proust, Gide, en ont eu la chance. Cette chance, j'ai failli l'avoir avec Rilke. Mais Rilke est mort. Il commençait à traduire *Orphée.*

De moi, se promènent des traductions tellement folles qu'on se demande si le traducteur m'a lu. D'où naissent alors les éloges que l'étranger nous décerne? Je suppose que c'est d'une vapeur qui ne conserve pas la forme du vase, mais délivre un spectre actif de ce qu'il contint. Un génie de conte arabe propre à transporter une salle de théâtre.

La métamorphose d'une œuvre qui change de langue suggère des idées qui viennent de sa grâce originelle, et ne lui appartiennent plus. Sur notre Côte, sous le mont Agel, s'avance un cap, nommé Tête de Chien. C'était un camp romain. La tête de camp est devenue, en patois de Nice, Tête de Can ou Tête de Chien. Maintenant, tout le monde y reconnaît une tête de chien. Que sais-je? Peut-être nos œuvres traduites prennent-elles un profil favorable à leur légende. Cela est possible, comme il est possible qu'une atmosphère remplace des contours, et que ce soit justement le processus de la gloire [1].

Dans la maison Jacobi-Gœthe, à Dusseldorf, au dîner que m'offrait la ville, le bourgmestre déclara que Gœthe était le grand inconnu d'Allemagne. *On le vénère, ce qui évite de le lire. Il est si haut qu'on ne voit que ses pieds.* Ainsi parlait le bourgmestre. J'estime qu'il parlait bien. Le prestige d'une œuvre entraîne le respect qui interdisait aux Chinois de regarder l'empereur de Chine. Si on le regardait, on devenait aveugle. Mieux valait l'être d'abord.

1. « Voir Naples et mourir. » Entendre : voir Naples et les Maures.

★

La vraie gloire, c'est en somme lorsque le jugement cesse, lorsque le visible et l'invisible deviennent une salade, que le public n'acclame pas un spectacle, mais l'idée qu'il s'en est faite, s'acclame lui-même de l'avoir eue. Cette sorte de gloire reste l'apanage des artistes de théâtre qui ne peuvent attendre. Leur ombre n'est pas très forte, mais saute de toutes ses forces dans la lumière. L'immédiat qu'ils servent les y oblige. C'est ainsi que nous vîmes acclamer Mme Sarah Bernhardt lorsqu'elle entrait en scène, lorsqu'elle parlait, se taisait, gesticulait, et quittait la scène, la contraignant à saluer plus qu'à jouer, cette acclamation louant, non point ses paroles ni ses gestes, mais qu'elle puisse encore prétendre à cet exercice, malgré son âge. Le public s'applaudissait d'avoir la finesse de comprendre que l'actrice ne gesticulait, ni ne parlait comme l'exigeait son rôle, mais exécutait un tour de force en son honneur. Il s'admirait, de ce que des vagues de renommée déposassent à son adresse un monstre mythologique, que des contes de ses mères et grand-mères se montrassent en chair et en os. Et l'on cite aussi le cas d'un célèbre chanteur russe qui poussait la plus haute note du registre. Le jour de ses adieux, tout ce que Saint-Pétersbourg comptait de célèbre l'acclama tellement lorsqu'il ouvrit la bouche pour faire sa note, qu'on ne sut jamais s'il l'avait faite.

Revenons à nos gloires modestes. Le voyage des œuvres traduites ne concorde pas avec la peine que nous eûmes à les écrire. C'est justice. Elles sont en voyage. Elles se délassent de notre odieuse surveillance. C'est pourquoi je me garde bien de me plaindre. C'est pourquoi j'applaudis les nombreuses comédiennes allemandes qui jouent *la Voix Humaine*. Elles servent des textes si bizarres qu'elles pleurent davantage qu'elles ne font pleurer. Ce qui est fâcheux et vient de ce que la machine à tirer les larmes ne fonctionne plus. Sans doute, est-ce la démarche du siècle coupable où nous sommes. Il serait ridicule de s'en affecter outre mesure. Il était normal que les écrivains s'en affectassent aux époques où ils croyaient habiter un monde durable et attentif. En ce qui me concerne, je ne le prends pas au tragique. Je suis né les mains ouvertes. Œuvres et argent m'échappent. Que ceux qui en veulent vivre, vivent. Je me contente d'écrire mes œuvres, puisqu'il m'est impossible de me taire et de devenir un secret mortel.

Au reste, je m'émerveille qu'on puisse prendre contact avec les autres. Car ils n'aperçoivent de nous que ce qui correspond à leur niveau. La souffleuse de l'*Aigle à deux Têtes* m'entretenait sans cesse des jolis pieds d'Edwige Feuillère. C'est ce que cette souffleuse voyait passer d'elle devant son trou.

Lorsque j'assiste aux scènes d'un film tournées la veille, je me ferme aux spécialistes. Chacun juge d'après sa spécialité. L'opérateur, d'après les lumières, le chef machiniste, d'après son rail, la script-girl, d'après la place des meubles, le comédien, d'après son rôle. Je reste seul juge.

L'opinion se fait d'après l'opinion. Il en faut une première. Comme personne n'ose en prendre l'initiative, chacun se guette. Du reste, une tendance à se méfier de son jugement pousserait plutôt l'individu à se prononcer contre ce qu'il éprouve. La prudence l'en empêche, et (sauf dans une ville comme la nôtre, où l'on s'en tire par une grêle d'injures) provoque une respectueuse attente. Cette attente laisse à l'invisible le temps de boucler ses valises, de prendre la fuite avant que l'opinion se décide et enveloppe les œuvres d'une couche d'erreurs.

Alors, commencent les traductions individuelles. Leur orchestre exécute une cacophonie. C'est au centre de cette cacophonie que l'artiste tâche de se dépêtrer du visible, pendant que l'invisible enterre son or.

Il importe qu'un jet soit robuste au départ pour qu'en fin de courbe quelque chose subsiste d'une œuvre traduite, et qu'un public étranger nous y aperçoive. *L'Aigle à deux Têtes* triomphait à Londres dans une adaptation inexacte, à cause de l'actrice. A New-York, il échoua dans une adaptation encore plus inexacte, faite d'après l'adaptation anglaise, par l'actrice qui interprétait la reine.

Si le don d'une langue nous venait par miracle, nous ne reconnaîtrions pas les livres qui nous charment. Et si des souvenirs personnels s'attachent aux fautes de ces livres traduits et se confondent avec eux, sans doute serions-nous tristes de les perdre.

Parfois, un livre se couvre d'ombre dans son pays natal. Il s'illumine dans un autre. Ce qui démontre que, dans une œuvre, l'invisible l'emporte sur le visible.

Notre collaboration avec notre œuvre nous semble comporter des suites. Nous nous flattions. Elle se passe rapidement de notre aide. Nous ne fûmes que ses accoucheurs.

Léonard de Vinci eut la fortune de dire presque tout dans l'idiome international du graphisme. Ses textes s'accompagnent de dessins explicatifs. Son tableau noir, étoilé de craie, s'adresse souvent à une classe d'élèves incultes. Mais sa craie demeure. Elle est traduite par les exégèses. C'est ce qui se passe avec mon film de 1930, *le Sang d'un Poète*. Les exégèses le traduisent en Amérique. Il m'arrive d'apprendre par elles des choses que j'y ai mises. Ce qui n'implique point que je ne les y ai pas mises. Au contraire. Car une couche invisible du film (invisible à moi-même) appartient aux fouilles des archéologues de l'âme, lesquels rejoignent les ordres qui dirigeaient mon travail, sans que j'en soupçonnasse le sens. Je m'en aperçois à la longue lorsqu'on m'interroge et que je donne des éclaircissements d'après ceux d'autrui. A l'origine, je me comprenais fort peu. Je ne voyais que le visible. C'est l'aveuglement du travail.

Les exégèses sont de toute espèce. Certaines m'apprirent que le film paraphrasait la vie du Christ, que la neige où se creuse l'empreinte de l'écolier, représente le voile de Véronique et que, Fontenoy étant le lieu du Congrès eucharistique, c'est cette circonstance qui me dicta la phrase : *Tandis que tonnaient au loin les canons de Fontenoy.* Cette exégèse venait d'un centre d'études où les jeunes élèves attribuèrent une signification obscène à la cheminée d'usine qui penche au début et s'écroule à la fin. A ma connaissance la cheminée d'usine se contentait d'exprimer que la durée n'existe pas dans ce film, que les épisodes se produisent pendant que la cheminée s'écroule. Il n'en reste pas moins vrai que cette exégèse et d'autres me troublèrent, comme nous ébranle n'importe quelle affirmation.

Dans mon vieux film, Freud effectua jadis une descente assez indiscrète. Les uns le déclarèrent glacial et sans sexe. D'autres l'accusent de sexualité maladive. Voilà donc une œuvre visuelle *traduite en plusieurs langues*.

Le sort des œuvres recouvertes est d'être traduites en plusieurs langues. L'invisible, s'il met notre propre clairvoyance en échec, ne déteste pas que d'autres ne le fouillent. Cela complique le dédale où il se dissimule. Les œuvres trop ouvertes n'attirent que les touristes. Ils passent distraitement et consultent le catalogue.

Le film *Orphée* fut, vingt ans après le *Sang d'un Poète*, traduit dans toutes les langues. Je parle de l'écriture visuelle. L'écriture des paroles se minimise en sous-titres auxquels aucune personne sérieuse n'accorde la moindre importance. L'Allemagne m'a beaucoup renseigné sur les arcanes de ce film. Sa faculté d'attention, de recherche, son héritage philosophique, métaphysique et métapsychique la rend apte aux fouilles de ce genre. Mille lettres allemandes soumettent à mon expertise des objets sortant de mon sol. Objets encore tachés de lave et d'oxydes. Et je reconnais l'objet d'or à ce que ni les oxydes, ni la lave ne le maculent.

Peu à peu les archéologues me présentent mon film sous un aspect que je n'avais pas vu, et m'obligent à en tenir compte. Il y a là un phénomène d'échanges qui s'engourdirait si l'œuvre restait intraduite.

Eviter la musique d'une phrase pour ne lui communiquer que le rythme. Laisser à ce rythme l'irrégularité d'une pulsation. Dérimer la prose, parce que les rimes y amollissent les angles, ou la rimer exprès coup sur coup. Tasser par des *qui* et des *que*, notre langue sujette à couler trop vite. L'endiguer par le contact de consonnes ingrates, par les syncopes de phrases trop longues, et de phrases trop courtes. Sentir qu'une brève ou qu'une longue (masculine ou féminine) doive précéder la virgule ou le point. Ne jamais tomber dans les guirlandes que les gens confondent avec le style... défaire et refaire sans cesse (ce qu'on pourrait appeler complexe de Pénélope), que deviennent ces efforts par lesquels je m'articule, dans un idiome étranger où l'on se flatte que les idées passent, alors qu'il serait inimaginable de remplacer une présence physique par une autre, et de prétendre qu'elles pussent susciter le même amour.

J'ai de l'avantage à mal connaître une langue pour la traduire. J'éprouve plus de gêne en face d'un article de journal allemand ou anglais qu'en face d'un poème de Shakespeare ou de Gœthe. Un grand texte possède son relief. Mes antennes le ressentent à la manière dont les aveugles lisent le Braille. Si je savais trop l'une de ces langues, un poème me découragerait par l'obstacle infranchissable des équivalences. En le sachant mal, je le caresse, je le tâte, je le palpe, je le renifle, je le tourne et le retourne. J'éprouve les moindres aspérités du sillon. Finalement, mon esprit frotte contre ses aspérités comme l'aiguille du gramophone. Il ne s'en échappe pas la musique incluse, mais l'ombre chinoise de cette musique. Ombre chinoise assez conforme à son essence.

Méfions-nous d'une traduction d'un de nos textes, si elle nous paraît conforme parce qu'elle lui ressemble. Elle équivaut à un portrait médiocre. Il est préférable qu'elle nous déroute.

Une méthode inverse à la mienne peut se défendre. L'une et l'autre se vaut ou se valent. Il y a souvent moins de risque lorsqu'un de nos compatriotes nous transporte dans une langue étrangère. Notre langue française est pleine de chausse-trapes, de termes à double orthographe et à double signification (tels que trappe et chausse-trape). Rien de plus difficile pour un étranger que d'en suivre les cassures et les ellipses. En outre, l'emploi que je fais des lieux communs, sous un éclairage neuf. Traduits, mes lieux communs deviennent de plates recherches. J'en ai eu la preuve avec *la Voix Humaine* en Angleterre, où le lieu commun *il rôde comme une âme en peine* affectait un lyrisme à la lord Byron.

Le meilleur est de laisser une œuvre se débrouiller au loin. Elle ne rêve que de prendre ses aises. Tant mieux si elle est contente, puisqu'elle se moque des soins que nous continuons d'en prendre, et s'en agace, comme un fils des reproches d'une mère qui ne le voit ni grandir, ni enlaidir.

DÉRIVE

L'INVISIBLE a ses chemins, et nous avons les nôtres. Il ne partage pas notre besoin de nous accroître. S'il nous quitte, c'est assez pour lui. Peu lui importe notre rôle d'esclave et notre fatuité qui nous affirme que nous sommes libres. Nous ne servons qu'à le servir. Les éloges que nous vaut son exercice ne s'adressent pas à notre personne. Nous en usurpons les honneurs. Nous nous parons de titres et d'armoiries qu'il nous laisse prendre parce qu'ils ne relèvent pas de son règne. Ce règne, quel est-il? Je l'ignore. Chaque jour me prouve que ce n'est pas le mien, que je serais ridicule de m'en prévaloir. Ce qui ne m'empêche pas d'avoir froid et chaud des offenses et des éloges que je récolte. De cela, je me confesse et je m'en veux. Les privilèges que j'usurpe, j'en ai souvent honte et, les ayant acceptés, je m'y refuse, alors qu'il me fallait les refuser d'abord. Ma faiblesse ne l'ose lorsqu'on me les offre. Ensuite, il est trop tard. C'est ainsi que mon silence participe au bruit que je réprouve. Ma seule sauvegarde est que j'ajoute un malentendu aux autres, que je surcharge mon déguisement. Offre m'ayant été faite d'exposer mes toiles en Allemagne, j'acceptai par crainte de m'exposer en France, alors qu'il ne fallait ni exposer ni m'exposer nulle part. Et voyez, en écrivant ces lignes, l'illusion de la responsabilité me conseille de prendre sur moi des fautes qu'on m'impose, inclinant ma pente du côté qu'il ne faudrait pas, et me laissant croire que je l'incline moi-même. Car, de toutes les fautes et faiblesses que je m'imagine ensuite réparées par une audace qu'on me dicte encore, se construisent les contrastes idoines à l'œuvre de nature.

Ce qu'on admire chez les grands, lorsqu'on les passe au crible, ne pourrait être sans ce qu'on y réprouve. Pour qu'il les accouche, l'invisible leur inflige cette caricature de leur personne, cette charge d'une personnalité. Grâce à ce marché de dupe, il s'accroche et parvient à prendre le large. Il détourne de lui les yeux du monde sur ce bouc émissaire dont les cornes se fleurissent de médailles et de rubans. Car l'invisible ne se pourrait accrocher sans le pire. C'est par là qu'il s'enracine et que sa tige s'éloigne de nous. Il ne le pourrait sans nous accabler de ce qu'il évite, sans nous implanter par succès et scandales, par l'attirail dont on a l'habitude et sans lequel on ne nous remarquerait pas. S'il nous respectait, nous lui serions pléonasme, véhicule jouissant de ses prérogatives, un double, ajoutant de l'invisible à l'invisible, et ne lui donnant pas lieu de se répandre.

Il trouve sa sauvegarde à ce que nous devenions gibier en sa place et à ce que nous fassions le beau.

Dès qu'il nous dupe, il médite son prochain coup. En attendant, il nous jette dans mille démarches qui le servent et qui nous desservent.

Il sait bien que si j'y vois clair, ce n'est d'aucune importance. Sa prochaine entreprise me trouvera stupide, désarmé.

Voilà d'où viennent les tortures des poètes, tortures dont ils se savent irresponsables, et dont ils s'efforcent de se croire responsables, pour se donner de l'étoffe et supporter de vivre jusqu'à la mort.

Nombre de poètes n'en purent admettre le drame. Les uns par le suicide, d'autres par l'alcool, d'autres par quelque retraite ou fuite, parvinrent à se libérer du pacte, d'autant plus aisément qu'ils avaient déjà servi et que l'invisible ne se souciait plus de leur aide. Et Rimbaud, la jambe coupée, traversant Paris en fiacre, avec sa sœur, entre la gare du Nord et la gare de Lyon, au moment où Verlaine commençait à l'hôpital son célèbre article. Rimbaud ne voulut rien revoir de cette ville où l'invisible avait exigé tout de sa personne et, pour punir sa révolte, allait le traquer jusqu'à Marseille.

Je ne puis encore savoir comment j'en sortirai. Soit qu'il faille me débarrasser de l'invisible, soit qu'il veuille se débarrasser de moi. Ce sont choses trop obscures pour qu'on s'y hasarde. Il est déjà dangereux de s'aventurer dans le noir.

Jusqu'à l'âge de vingt ans, j'estimais qu'un poète peut suivre sa fantaisie. J'en obtins de la sottise [1]. La douche m'attendait au bout, et froide. Car si l'invisible nous adopte comme véhicule, il nous oblige à faire nos classes, ce que la jeunesse admet le moins. Elle vise l'immédiat et la réussite. De nombreuses années après la douche me furent inclémentes. L'âge seul nous renseigne. L'orgueil de la jeunesse nous empêche de comprendre cette école de domestiques, ce maître qui ne nous laisse

1. J'avais publié *la Lampe d'Aladin, le Prince Frivole, la Danse de Sophocle,* trois niaiseries.

libres que de jouer les Mascarille. Escapades dont il nous corrige à coups de bâton.

J'ai constaté que la morale que je me suis faite afin de rendre supportable ce régime insupportable, devenait contagieuse à qui me fréquente. Elle portait préjudice à certains artistes dont le métier s'accommode mal d'attentes et de pénombres. Je m'écartai d'eux, avec tristesse, afin qu'ils ne pâtissent plus d'un rythme dont ils n'éprouvaient que les inconvénients.

Voilà encore un chapitre qui dérive sur des routes de traverse. *Idem*, lorsqu'on me traduira sans que la force de l'œuvre originale s'en préoccupe. Ecrivant de mon plein gré, libre de guide (du moins je m'en vante), je m'égare. C'est l'excuse des traducteurs, s'ils s'égarent à leur tour. Rien ne les talonne en dehors de la conscience professionnelle qui est une force, mais faible, parce qu'elle incite beaucoup d'hommes à lui désobéir. Elle est, à mon estime, insuffisante, si une force plus forte qu'elle ne nous habite et ne nous condamne aux travaux forcés.

DE LA PRÉÉMINENCE DES FABLES

De ce qu'une vérité puisse être diverse, l'homme tire une grande embrouille, et chaque fois que l'on constate ce qu'il nous a donné pour vrai, on s'étonne du peu de jointure qui existe entre ce que nous voyons et ce qu'on nous en avait dit. Notre opinion se fonde sur ce qui se déforme en nous et dans les autres. Notre promptitude à mythifier et accepter le mythe est incroyable. Une vérité faussée nous devient vite parole d'Evangile. Nous y ajoutons de notre cru et, peu à peu, se peint une image sans rapport avec l'original.

L'expérience nous enseigne à nous méfier de cette vertu déformante. Récemment, à Villefranche, m'étant laissé bercer d'un songe, c'est à savoir de ce bateau dont la croisière coûte dix millions et ne transporte que touristes couverts de perles, j'en acceptai la visite, et ne trouvai qu'un bateau de luxe, semblable à n'importe lequel, et dont la croisière coûte un million, ce qui ne les représente pas dans une poche américaine. Les passagers étaient d'une classe correspondante à celle des pèlerins de Rome. Prêtres et braves familles, fort éloignés du conte qu'on m'en avait fait partout.

Sur ce bateau, je pensais à l'idée que je me forme

de la politique d'après ce qui se colporte, et de régimes aussi dupés sur le nôtre que nous le sommes sur le leur. Grande est la peine à nous guérir de ces trompeuses perspectives. Une anecdote change de costume en route, et de sexe, et de taille, et d'âge. Elle chemine de bouche en bouche, d'oreille en oreille. Il arrive qu'elle réapparaisse ainsi faite, et que nous ne la reconnaissions plus.

Le grave, c'est que l'image transfigurée des choses prend une vie propre. Elle les remplace dans l'amalgame du temps et de l'espace, de sorte que la peinture éclipse le modèle, qui cesse d'avoir créance. L'homme lui en veut de n'être pas adaptable à son moule, de l'obliger à en prendre une nouvelle empreinte.

Il y a toujours, dans la manière dont un acte s'agence, des mobiles qui nous échappent et qui décident de sa singularité. C'est cette singularité qui frappe et que chacun observe sans étude. Voilà les contes en marche. Autant de contes que de témoins. L'acte prend force d'œuvre. Il se fabulise à travers les rhapsodes et troubadours qui le chantent de demeure en demeure. Ainsi se meut l'Histoire et nous serions bien étonnés si quelque prodige nous permettait de vivre une minute avec Socrate ou Alexandre.

Il est probable que la destruction de la Bibliothèque d'Alexandrie, où tant de secrets s'accumulèrent, ne saurait être mise sur le compte de la seule folie d'un chef, mais que ce chef n'était que l'instrument de forces occultes qui voulurent freiner la connaissance, la remettre à la première case du jeu de l'oie.

Il ne s'écoule pas un jour que je n'aie la preuve des monstres qui naissent de nos rencontres. Notre propre légende devrait nous renseigner sur l'inexactitude qui mène le monde et sur le danger que cette inexactitude représenterait dans la mauvaise entente entre nations, si cette mauvaise entente ne provenait d'un désordre voulu par la nature attentive à produire la charogne dont elle se gave.

C'est pourquoi, malgré notre désir de résister aux fables, elles nous séduisent. Une poigne nous y entraîne. Il faut y reconnaître un reflet du rythme universel. Si tout était exact dans les rapports, il y aurait platitude, ce que la nature réprouve.

Lorsqu'un ministre innove un système d'ordre, les banques qui ne crurent pas à ce ministre et jouèrent contre son programme, lui reprochent leur ruine, le considèrent comme un ennemi à vaincre, y parviennent, et collaborent au déséquilibre momentanément menacé. La fable a vite fait de croître sur les décombres d'une initiative monétaire. Elle oblige l'or à reprendre ses titres. Car les fables de la Bourse ne sont pas les moindres. Des fortunes s'échafaudent et s'écroulent sur des mines, des cannes à sucre, des puits de pétrole, qui n'existent pas.

La radio nous permet de prendre au piège un phénomène de fabulisme. La voix emboîte la vitesse de la lumière et nous parvient plus rapidement de loin qu'aux auditeurs qui l'entendent de près, par l'entremise de la vitesse du son, moins alerte.

Le soir où sonnèrent les cloches de la libération de Paris, je me trouvais chez les Claude-André Puget, au Palais-Royal, et nous pûmes écouter Jacques Maritain qui, de New-York, nous racontait ce que nous étions en train de vivre. Son spectacle ne ressemblait pas au nôtre. Il le sublimait et nous obligeait à y croire. Et il avait raison. New-York substituait instantanément la vérité historique à la nôtre. Ainsi de la prise de la Bastille qui fut moins que l'on ne raconte (moins que celle des Tuileries), et que Louis XVI ignorait en chassant le lièvre où se trouve la rue Méchain, près du boulevard Arago, boulevard de la guillotine. Nous fêtons toujours la prise de la Bastille.

Malheureusement, si la déformation historique tend à magnifier, la déformation qui nous concerne tendrait plutôt à déprécier et avilir. Mais je crois qu'à la longue cet entassement d'inexactitudes avilissantes hausse le socle de notre buste. Une espèce de vérité s'y retrouve. D'autant plus que des esprits curieux s'attachent à la recherche des exactitudes. Les nouvelles fables qu'ils en tirent s'ajoutent aux anciennes et finissent par peindre notre buste de belles couleurs.

Si ce que chaque convive d'une table imagine de notre âme pouvait se changer en objet, il nous faudrait prendre la fuite. Nous ne tenons que par ignorance. La découverte soudaine du malentendu qui nous groupe faucherait notre herbe. Nous ne pourrions plus brouter nulle part. Resterait de nous y étendre à plat ventre et de nous décourager jusqu'à la mort.

Par contre, la compagnie du cœur corrige bien des choses. Hier trois hommes, dont moi, d'amitié très ancienne, se retrouvaient après une longue absence. Notre comportement et nos œuvres n'ont rien qui les accointe. Cependant, tous trois baignions dans un fluide amical, beaucoup plus riche, plus salubre qu'une entente faite d'habitudes communes et de tournures semblables de l'esprit. La femme de l'un de mes deux amis remarqua que l'accord venait d'une triple indifférence aux commérages, du plaisir que nous éprouvions à la réussite de nos collègues, d'une inaptitude à envier quoi que ce soit, d'une faculté d'écoute aussi grande que la parole.

Ce fluide amical l'emportait sur nos disparates, sur l'idée que nous nous formons les uns des autres. Comme la conversation vint sur nos fables respectives, l'un de nous dit, en riant, qu'au fond elles étaient notre caricature, et que nous devions nous y reconnaître de bonne grâce. Il déclara que je mets quelque acrobatie à varier et briser ma ligne, et qu'il est juste qu'on me traite d'acrobate. Que lui-même, étant de Marseille, il est juste qu'on le traite de joueur de boules, que le troisième mérite qu'on le traite d'auteur de kiosques à journaux, puisque ses livres sont les seuls qui s'y vendent.

Notre Marseillais justifiait la réputation de Marseille. Nous l'admirâmes de trouver toutes simples des fables que sa nature marseillaise admet géographiquement. Il ajouta que les gens seraient bien interloqués de nous savoir ensemble, qu'ils y chercheraient quelque manigance, alors que nous ne tarîmes pas en bavardages, sans y mêler les affaires des autres, ni notre travail.

Le soir même, ces amis voulurent m'entraîner dans une réunion plus nombreuse. Je refusai, prétendant qu'on pourrait nous engager sur des routes de traverse, et que je préférais ne pas remuer le vin. En effet, ces réunions nombreuses dégénèrent en photographes et entrefilets de presse, tels que celui d'un journal de la Côte lorsque Sartre terminait *le Diable et le bon Dieu*, et que je commençais

Bacchus. Dans cet entrefilet, il était annoncé que nous collaborions à une pièce sur Werther. Luther était devenu Werther. Nous lûmes ensuite un article où l'on trouvait juste que nos entreprises précédentes nous menassent à étudier le désespoir de Werther et son suicide.

Je crois bien que c'est dans *l'Ecole de la Médisance* qu'une certaine phrase chuchotée à l'extrême gauche de la scène, passe de bouche en bouche, et devient méconnaissable à l'extrême droite.

Il est très rare qu'une personne qui tient de nous une histoire ne l'allonge, ne l'enjolive, ne change sa pointe et sa chute. L'histoire se promène et il n'est pas rare non plus que, quelques années après, un conteur nous la conte comme s'il l'avait vécue. La politesse nous conseille alors de la tenir pour neuve.

Whistler venait de conter une belle histoire à un dîner où se trouvait Oscar Wilde. Wilde ayant exprimé le regret que cette histoire ne fût pas sienne, Whistler lui dit : *Elle sera bientôt de vous.*

J'ai l'habitude qu'on me dise, lorsque je rapporte ce que j'ai vu, que je l'invente, de lire des paroles qu'on me prête et que je n'ai jamais prononcées. Car si la parole est malveillante, l'auteur s'en décharge sur ma personne et m'attire les désagréments qui en découlent et qu'il n'aimerait pas avoir. Mais ces circuits sont peu de chose à côté du considérable écheveau d'inexactitudes dans lequel s'empêtre le monde. Bien malins ceux qui le débrouillent. Nous savons que les paroles historiques ne furent jamais dites. Qu'importe! Elles caractérisent des figures qui, sans ces paroles, nous demeureraient fort vagues, et perdraient le profil.

★

Eisenstein me raconta que les images de son film *le Cuirassé Potemkine* s'étaient muées en photographies documentaires du ministère de la Marine russe. Son nom n'y figurait plus. Lorsque le film passait à Monte-Carlo, il en reçut une lettre : « J'étais un des marins qu'on allait fusiller sous la bâche. » Or, Eisenstein avait inventé l'épisode de la bâche, comme cet escalier d'Odessa où tant de ses compatriotes prétendirent avoir échappé au massacre. Sans cesse, on touche du doigt que la fable supplante la réalité, qu'elle est une brioche en quoi notre pain quotidien se change. Il est vain d'essayer de prévoir par quels détours. Par quel tube digestif. Ce qui s'enfle et ce qui se fripe. Bien fou serait l'homme qui voudrait se construire une fable, et chercherait à en convaincre la foule. Il en va de même pour les anecdotes qui se propagent et dont on ignore l'origine. Chaque jour en invente de parfaites, sans nom d'auteur. On dirait qu'un pollen les transporte. Leur promptitude à se répandre est foudroyante. *Idem* des fausses nouvelles qui galopent à toutes jambes, alors qu'on s'épuise pour en répandre une vraie, sans y parvenir. *Idem* d'une phrase qui passe instantanément dans le domaine public. Celles de La Fontaine sont du nombre. Celles de Shakespeare pullulent. C'est ce qui faisait déclarer à une vieille dame d'Ecosse, qui n'avait jamais lu *Hamlet*, au sortir du spectacle de Laurence Olivier, que la pièce était belle, mais contenait « trop de citations ».

C'est avec la fable que le mensonge prend ses titres de noblesse. Il ne faudrait pas la confondre avec les ragots. Il y a de la grandeur dans ses chimères. Sans elle, nous ne serions pas charmés par Pégase, par les sirènes, et un enfant ne m'aurait pas dit, avant de me conter une histoire d'animaux : *C'était du temps où les animaux parlaient encore.*

Rien de plus cocasse que cette certitude de notre époque qui, comme Sartre le constate, a mauvaise conscience, d'être une apothéose, et qu'on ne rira jamais d'elle comme elle rit aux films rétrospectifs. Jamais la jeunesse ne s'imagine vieille et interrogée par une jeunesse tombant en même faute et se moquant et se poussant du coude, et demandant s'il est vrai qu'on tirait sur la route l'essence à des pompes, qu'on croyait voyager vite, qu'on dansait dans des caves au son de la trompette et du tambour.

Probable est-il que la science qui nous semble atteindre le cœur des choses, passera pour fable, et Einstein pour aussi fabuliste que Descartes, Erasistratus ou Empédocle.

La poésie a, sans doute, moins de chances de se fourvoyer en ses fables intuitives. Montaigne qui nomme la philosophie *poésie sophistiquée*, a raison de prétendre que Platon n'est qu'un *poète décousu*, et que s'il triomphe du ridicule d'avoir défini l'homme : *un animal à deux pieds sans plumes*, c'est qu'il déclare : *La nature n'est rien qu'une poésie énigmatique.*

Celui qui prétendrait s'opposer aux fables, y laisserait sa peau. La peau des fables est coriace. Elles sont filles de l'invisible. C'est la troupe qu'il dépêche pour brouiller les cartes. Cette troupe s'y entend.

A mon estime, je préfère le mythologue à l'historien. La mythologie grecque, si l'on s'y plonge, nous intéresse davantage que les déformations et simplifications de l'Histoire, parce que ses mensonges restent sans alliage de réel, alors que l'Histoire est un alliage de réel et de mensonge. Le réel de l'Histoire devient un mensonge. L'irréel de la fable devient vérité. Pas de mensonges possibles dans le mythe, même si l'on dispute sur tel ou tel des travaux d'Héraclès et s'il les fit par amour d'Eurysthée ou par servitude.

On ne s'étonne pas de ce que le soleil implore Héraclès et lui garde reconnaissance de ne pas lui tirer de flèches, au point de lui prêter sa coupe d'or pour traverser la mer. On accepte le bûcher final, la tunique teinte du sang et du sperme que le centaure Nessos éjacule sur Déjanire. On admet que Héraclès se vête en femme et Omphale en homme.

Le mythe a des racines plus noueuses que celles de l'Histoire et plus profondes. Lorsque nous apprenons que les Danaïdes inventèrent une machine de canalisations, il est admirable de voir cette machine s'amplifier jusqu'au supplice.

Le voyage des Argonautes m'attache plus que n'importe quel voyage qui découvre les Amériques. Je suppose que cette Toison d'or n'était autre que la chevelure de Médée, ce que Jason ni ses camarades n'avaient su comprendre. J'aime mieux les crimes dont on accable Médée, la traitant d'empoisonneuse et de calamiteuse, et la découverte qu'il n'en était rien, que le doute en ce qui concerne la culpabilité de Catherine de Médicis ou son innocence.

Le moindre détail des familles divines nous passionne comme nous passionnèrent les familles de Balzac qui nous devinrent véritables et même celles de *Fantomas*, où la négligence des auteurs fait sans cesse changer Fandor de père et de mère. Cela s'apparente au mythe, et c'est par quoi ce livre charmait Apollinaire et me charmait. Les auteurs nous écrivirent un jour qu'ils avaient un tiroir de livres moins absurdes. Nous en prîmes connaissance. Ils étaient absurdes, mais ils les préféraient à cause de leur réalisme.

Au collège, les livres d'Histoire nous farcissent de fables plates, alors que les légendes de cette histoire tout inventée nous invitent à en découvrir les sources.

Elles sont au sommet de la fable, et j'en admire le sérieux, car Héraclès ayant tué son maître Linos d'un coup de sabre sur le crâne, fut acquitté par le tribunal parce que Linos voulait le corriger et qu'il se trouvait en état de légitime défense. Rien de troué dans cette magnifique étoffe de pourpre dont la Grèce tissa une aristocratie de l'invisible.

Saluons-la comme plus véridique et intelligible que des événements dont le journal nous prouve qu'ils sont perturbés dans un sens inintelligible. A moins qu'un Michelet, ou même qu'un Alexandre Dumas, ne les fabulise.

★

L'homme qui goûte les fables ne se défendra jamais assez contre leurs œillades. Il y faut autant de bases qu'à la terrestre réalité. Lao-Tseu accusait même Confucius de frivolité mondaine. En sortant de chez lui, Confucius disait à ses disciples : « J'ai vu le dragon. »

La fameuse stèle de l'enfant Septentrion qui « dansa trois jours et mourut », n'immortalise pas un jeune danseur d'Antibes. Elle désigne le mistral qui souffle trois jours ou six. L'inscription est votive. Celle des cultivateurs qui peuvent enfin reprendre leur travail le quatrième jour.

La sévérité des fables vient de ce que leurs branches sortent d'une graine. Et puisque nous nous sommes fixés sur Héraclès, Augias devait n'avoir qu'une écurie sale, et point ne fut nécessaire de détourner le cours de deux fleuves. Mais, si la lessive n'était pas devenue travail d'Hercule, nous ne connaîtrions pas le nom d'Augias. Cerbère ne serait resté qu'un chien de garde perdu par son maître et qu'Héraclès lui retrouve, si Héraclès n'allait le chercher aux Enfers et ne promettait à l'ombre de Méléagre d'épouser sa sœur.

Chesterton a raison d'écrire que Jérusalem est une petite ville avec de grandes idées, et qu'une grande ville a de petites idées.

Plus vivante est une place de Vérone où les fables s'incarnent que celles où s'élève un monument aux morts.

D'UNE HISTOIRE FÉLINE

Ne pas être admiré. Être cru.

L'HISTOIRE féline racontée par Keats n'a jamais été transcrite que je sache. Elle voyage de bouche en bouche, et se déforme en route. Il en existe plusieurs versions, mais son atmosphère reste une. Atmosphère si subtile que je me demande si ce n'est pas la raison pour laquelle cette histoire s'accommode mieux de la parole et de ses pauses, que de la plume qui se hâte.

Voici les faits. Keats devait se rendre dans le village de F. pour y déjeuner chez un ami, le pasteur. Il fallait traverser une forêt. A cheval, Keats s'égara dans cette forêt. Le soir rendit le labyrinthe inextricable. Keats décida d'attendre l'aube, d'attacher son cheval à une branche, de chercher si quelque bûcheron ne possédait pas une cabane et ne pourrait pas l'abriter jusqu'au jour.

Comme il rôdait, sans trop oser perdre son cheval de vue, prenant soin de marquer l'écorce des arbres pour retrouver sa route, il aperçut de la lumière.

Il se dirigea vers cette lumière. Elle provenait d'une sorte de ruine dont aucun guide ne signalait l'existence. Celle d'un cirque antique, d'un Colisée, d'un enchevêtrement d'arches, de gradins, de pierres écroulées, de pans de murs, de brèches, de broussailles.

La lumière, très insolite, bougeait et animait le cirque mort. Keats s'approcha, se glissa derrière une colonne et, par une des brèches, regarda.

Ce qu'il vit le cloua de stupeur et de crainte. Des centaines de chats envahissaient l'hémicycle, prenaient place les uns à côté des autres, comme la foule des arènes d'Espagne. Ils grouillaient et miaulaient. Soudain, de petites trompettes se firent entendre. Les chats s'immobilisèrent, tournèrent leurs prunelles phosphorescentes vers la droite d'où venaient les jeux de lumières et d'ombres. Les lumières étaient produites par des torches que portaient cinquante chats bottés. Ces chats précédaient un cortège de chats en costumes magnifiques, de pages et de hérauts jouant de la trompette, de chats porteurs d'insignes et de chats porteurs d'étendards.

Le cortège traversa la piste et la contourna. Apparurent quatre chats blancs et quatre chats noirs, avec épées et feutres, marchant ainsi que tous les autres membres du cortège sur leurs pattes de derrière, et portant sur leurs épaules un petit cercueil surmonté d'une petite couronne d'or. Suivaient des chats, deux par deux, présentant des coussins sur lesquels étaient épinglés des ordres dont les diamants étincelaient sous la flamme des torches et sous la lune. Le cortège s'achevait par des tambours.

Keats pensa : « Je rêve. Je me suis endormi à cheval, et je rêve. » Mais le rêve est une chose et la réalité une autre. Il ne rêvait pas. Il le savait. Il était perdu dans une forêt nocturne, il assistait à quelque rite que les hommes ne doivent point voir. Il eut peur. Sa présence, une fois découverte, cette foule de chats quitterait le cirque et le déchirerait de ses griffes. Il recula dans l'ombre. Les hérauts sonnaient, les étendards flottaient, le cercueil défilait, et tout cela dans une manière de silence aggravé par les orgueilleuses petites trompettes.

Après avoir exécuté un tour de piste, le cortège s'éloigna. Les trompettes se turent. Les lumières s'éteignirent. La foule des chats quitta les gradins du cirque. Plusieurs chats bondirent par la brèche contre laquelle Keats s'efforçait de disparaître. La ruine redevint une ruine, occupée par le clair de lune.

C'est alors que surgit dans Keats une idée plus dangereuse que le spectacle dont il avait été témoin. *On ne le croirait pas.* Jamais il ne pourrait raconter cette histoire. Elle passerait pour un mensonge de poète. Or, Keats savait que les poètes ne mentent pas. Ils témoignent. Et Keats savait qu'on s'imagine qu'ils mentent. Et Keats devenait fou en songeant qu'un pareil secret resterait sa propriété, qu'il lui serait impossible de s'en déprendre, de le partager avec ses semblables. C'était un catafalque de solitude.

Il se secoua, rejoignit son cheval, décida de quitter la forêt, coûte que coûte. Il y parvint et arriva au presbytère où le pasteur ne l'attendait plus.

Ce pasteur était un homme de haute culture, Keats le respectait, le tenait pour apte à comprendre ses poèmes. Il raconta son histoire, sans faire allusion au cirque des chats. Le pasteur s'était couché et relevé. Le servant dormait. Il dressa la table. Keats mangeait en silence. Le pasteur s'étonna de son attitude distraite. Il lui demanda s'il était malade. Keats répondit que non, mais qu'il se trouvait sous l'influence d'un malaise dont il ne pouvait avouer la cause. Le pasteur le secoua tendrement et le mit en demeure de s'expliquer. Keats se détournait, se fermait. A la longue, le pasteur obtint une détente, son hôte ayant déclaré que sa fièvre venait d'une crainte de n'être point cru. Le pasteur lui promit de le croire. Keats exigea davantage. Il suppliait le pasteur de prêter serment sur la Bible. Le pasteur ne le pouvait. Il affirma que sa promesse d'ami valait son serment de prêtre. « Je vous écoute », dit-il, et se renversa dans son fauteuil en fumant sa pipe.

Keats allait parler, lorsqu'il se ravisa. La crainte le reprenait. Il fallut que le pasteur, intrigué, le laissât libre de se taire pour lui délier la langue.

Keats ferma les yeux et raconta. Le pasteur écoutait dans l'ombre. La fenêtre était ouverte sur les astres. Le feu crépitait. Devant l'âtre le chat semblait dormir. Keats décrivait la ruine, les étranges spectateurs de l'étrange spectacle. De temps en temps, il ouvrait l'œil, jetait un regard sur le prêtre qui, les yeux fermés, tirait sur sa pipe.

La chose se produisit comme tombe la foudre, sans que ni l'un ni l'autre des deux hommes s'y reconnussent, se rendissent un compte exact de ce qui arrivait.

Keats en était au cortège, aux torches, aux trompettes, aux oriflammes, aux tambours. Il détaillait les costumes, les feutres et les bottes. « Quatre chats blancs, dit-il, et quatre chats noirs, portaient un cercueil sur leurs épaules. Le cercueil était surmonté d'une couronne d'or. »

A peine eut-il prononcé cette phrase que le chat, qui dormait devant le feu, se dressa en arc de cercle, se hérissa, s'écria, d'une voix humaine : « Mais alors, je suis roi des chats » et sauta par la fenêtre.

DE LA MÉMOIRE

S'IL se pouvait que le contenu de notre mémoire se matérialisât et prît le large, il encombrerait le monde, et l'on s'étonne qu'un pareil encombrement puisse tenir dans notre cervelle. D'autant plus que les jeunes souvenirs sont d'une constitution si faible qu'ils trébuchent, et les vieux, d'une constitution si robuste, qu'ils les piétinent. Si l'un des vieux se présente, il entraîne la motte de terre dont on l'arrache. C'est pourquoi j'hésite toujours à écrire mes Mémoires, Mémoires où les dates se chevaucheraient, s'interpoleraient de telle sorte que les perspectives en deviendraient boiteuses et ne tiendraient pas debout.

Dans le rêve, les fausses perspectives sont analogues à celles que l'art décide [1]. La mémoire n'y observe plus notre règle. Morts et vivants se meuvent ensemble sur une scène machinée, sous un éclairage fatal. Elle est libre. Elle compose. Elle compile. Elle mélange. Elle nous offre

1. L'instantanéité du rêve est telle qu'on peut rêver en l'espace d'une seconde l'équivalence de l'œuvre de Marcel Proust. Au reste, l'œuvre de Proust est plus proche d'un rêve que ce que l'on nous donne pour récits de rêves. Elle en a le personnel innombrable, les intrigues changeantes, l'absence de chronologie, la cruauté, le funeste, le cocasse, la précision des décors, le « tout est bien qui finit mal ».

des spectacles d'une vérité supérieure au réalisme qui n'est que plate obéissance à nos limites. Elle nous illimite et bouleverse la chronologie. Nos neurones flottent comme algues dans l'eau nocturne, se touchent, sans notre contrôle. Nous vivons une vie insoumise à nos rails. Au réveil, le contrôle fonctionne. La mémoire range son matériel. Elle ne nous en fournira plus que quelques éléments, de mauvaise grâce.

En ce qui me concerne, elle en met beaucoup à m'entendre. Si elle m'écoute, elle me répond par ruse et par surprise, par exemple lorsqu'un nom m'échappe, et que je la harcèle jusqu'à ce qu'elle me le jette en pâture, afin que je ne l'importune plus.

Je ne sais quel philosophe disait : « Nous marchons sur des toits romains. » C'est ce que nous éprouvâmes à Alexandrie où la ville neuve et l'antique se superposent [1].

Il y flotte comme une mémoire. On soupçonne une présence à la manière de quelque souvenir fantôme, dont nous ressentons qu'il est là, sans

1. La querelle des égyptologues nous prouve le discrédit dont souffrent certaines recherches. La mort accidentelle sur une route de France d'Alexandre Varille, le meilleur des jeunes égyptologues, est un exemple de la défense de l'inconnu, sur tous les registres. La boutade dont se servent les égyptologues officiels pour moquer le travail de Varille *L'escalier est dans la concierge* ne résout pas le problème. L'escalier étant autant dans la concierge que la concierge dans l'escalier. J'en ai eu la preuve lorsque ma concierge ne montait plus mes lettres, et déclarait que c'était inutile parce qu'il allait y avoir la guerre. Ici, l'escalier se trouve précisément dans la concierge, et empêche la concierge de prendre l'escalier.

pouvoir remplir la fiche de notre réclamation. Le palais de Néron qui comporte près de quatre mille chambres, n'était-il pas recouvert par une colline artificielle sur quoi furent construits des Thermes. Rome ne l'avait-elle pas *oublié* lorsqu'un trou se creusa, et que Michel-Ange s'y cassa la jambe sur un *souvenir*. C'est à savoir le groupe de Laocoon qui décorait la toiture.

Des périodes entières de notre vie sont recouvertes. Il suffit d'un trou, d'un nom sur lequel je me cogne, pour que quatre mille chambres, mille statues mouvantes et parlantes lui fassent escorte.

La tombe du roi d'Egypte Tut-Ank-Ammon était une *mémoire*, en ce sens que les objets usuels de son règne s'enchevêtraient, démembrés, serrés, imbriqués, inextricables et inexplicables, dans une cave minuscule, d'où il devait, mort, les reconstruire à son usage, sans démêler leur enchevêtrement.

On ne pouvait pénétrer dans cette cave. Il fallut dix ans pour que les objets remémorés prissent forme et décorassent un étage du musée du Caire, d'où ma mémoire me les envoie.

Les égyptologues se demandent si ces objets n'étaient point en double, et si ceux qu'on possède étaient ceux qu'employait le Pharaon, ou d'autres, copiés pour sa tombe.

On se demande si le souvenir d'un rêve n'est pas composé d'objets en double que la mémoire nous délivre à la place des siens propres qu'elle réserve pour ses spectacles. En effet, celui qui raconte un rêve semble mettre en scène des décors, des acteurs, des actes, qui ressemblent aux décors, acteurs, actes du rêve, dans la mesure où un artiste, maquillé en homme politique, ressemble à cet homme politique. Les rêves remémorés quittent leur éclairage et leur efficace au point qu'ils fatiguent les auditeurs auxquels on les raconte, et qui ne virent pas le spectacle. Ils se fanent. Ils perdent leur lustre comme une plante sous-marine hors de la mer.

La mémoire, lorsqu'on lui réclame, les yeux fermés, un épisode de la chambre dans laquelle on se trouve, en expédie une autre, analogue, mais située extérieurement. De même, en cas de brusque réveil dans une chambre d'hôtel où nous vînmes de la campagne, il faut prendre garde à ne pas nous lever trop vite si nous voulons nous rendre dans le cabinet de toilette. Car la mémoire nous envoie notre chambre de campagne de manière que nous cherchions la porte ailleurs qu'où elle se trouve, et que nous nous blessions aux meubles. La mémoire s'égaye de ce que nous nous égarions et nous nous blessions. La mémoire s'égaye aussi lorsqu'elle nous donne un de ses spectacles privés pour un des nôtres, et laisse entendre qu'une scène du songe en était une de notre univers.

J'en pourrais écrire des volumes. Je suis souvent victime des échanges et fraudes auxquels s'exerce le terrible entrepôt. Seulement il faudrait m'adresser aux lieux qui me trompent, et il est probable qu'ils ne me renseigneraient que pour me tromper davantage.

Certaines personnes qui se plaignent de leur mémoire la trouvent obéissante après un traumatisme (celle des chiffres, par exemple, qui peut ouvrir sa case par suite d'une trépanation). La chose advint à Matisse qui n'avait pas de contact avec cette mémoire des chiffres et l'eut soudain à ses ordres au sortir d'une anesthésie.

L'entrepôt de la mémoire n'est point à mon service. J'ai toutes les peines du monde à en obtenir quoi que ce soit. Lorsque je l'obtiens, je le répète, c'est par condescendance qu'on me le procure. Alors, l'accessoire procuré par l'ombre soulève une poussière figurant vaguement la période qui l'entourait. C'est de la sorte que je parviens à revivre certaines périodes, à l'aide d'un détail que la mémoire accepte de me rendre. Ce détail retourne à l'ombre dès que j'en ai pris note, et ne reparaîtra que dans mes rêves où la mémoire ne lésine plus, et ouvre grandes les portes de l'entrepôt. Il semble que le sommeil soit son règne, qu'elle lui fournisse, sans fiches, ni passeports, les acteurs, décors, accessoires indispensables aux spectacles qu'il organise et dont nous sommes le Louis II de Bavière, l'unique spectateur. Elle nous offre ses spectacles, mais on dirait qu'elle répugne à nous fournir ce qui nous permettrait d'organiser les nôtres, à répandre son matériel au dehors.

Cette attitude distante de fonctionnaire, prise par la mémoire, cette indifférence hautaine à ce qu'on lui demande avec politesse, m'a peu à peu éloigné de ses guichets. Je me contente d'empiler en elle un présent qui cesse de l'être au fur et à mesure que je le vis. Qu'elle le range, le classe, le catalogue, peu m'importe! Ce présent retourne aux ténèbres où je retournerai moi-même, et dont on ne tirera de moi que des images fragmentaires. Car l'entassement des docks de mémoire n'est pas sans détériorer ce qui s'y enchevêtre. Et ce que j'obtiens n'est pas toujours intègre. Un nom, une figure, un acte, s'y abîment sous le bric-à-brac. Je n'en récolte souvent qu'une casse et m'épuise en démarches afin d'apprendre que le reste demeure introuvable ou qu'il n'existe plus.

C'est par le phénomène de la mémoire que nous assistons aux noces du temps et de l'espace, noces qui engendrent la mauvaise perspective qui nous illusionne, qui nous oblige à n'avancer que dans un sens, à ne pouvoir reculer dans l'autre qu'à l'aide de cette faculté. Le sommeil annule ce phantasme et nous découvre ce que serait un monde où l'on nous ôterait les œillères, où nous comprendrions enfin que notre liberté humaine n'était que celle d'un cheval de labour. Mais l'homme n'aime pas qu'on le minimise. Il craint jusqu'à la poésie, depuis qu'elle grave des insultes sur les murs de notre cachot. *La Clef des Songes* de Freud la conforte en cela qu'elle couvre les murs des graffitti obscènes que l'œil a coutume de voir partout.

Ma mémoire n'est jamais plus contente que lorsque je ne m'occupe point d'elle. La voilà libre de monter un spectacle pour la nuit suivante, de le répéter, de l'éclairer, sans que je la dérange. Je ne sais pas quels sont les rapports de ses ténèbres avec celles qui me donnent des ordres. Si elles leur sont favorables ou défavorables. Si elles en éprouvent l'odieuse désinvolture. Si elles se concertent. J'inclinerais plutôt à croire que certains souvenirs sont de ma poche. Qu'ils sortent d'une région différente, étrangère au travail qu'on exige de moi. Travail ne les admettant que s'il en profite.

★

Lorsque la mémoire somnole, c'est d'un œil, et je crains ses farces. Elle lâche de son magasin quelque objet absurde, et nous l'impose. D'habitude, l'objet qu'elle nous impose est d'un absurde pénible, agressif. Ne l'impose-t-elle pas pour nous prouver son pouvoir? En effet, nous avons beau chercher à nous en distraire, à le renvoyer d'où il vient, elle le repousse. Elle semble se réjouir de la gêne qu'il provoque, le gonflant et l'amplifiant jusqu'à ce qu'il intercepte notre soleil. Certaines personnes s'y complaisent avec amertume. Le spleen, le cafard s'en repaissent. Ce n'est pas mon genre. J'aimerais que les sombres docks ne me dépêchassent que des objets charmants. Je me console du peu de contrôle que j'en ai, par la force des souvenirs d'enfance. Ils craignent la nuit, désobéissent, poussent les portes, m'arrivent hors d'haleine, le feu aux joues. Il est vrai qu'on les oblige vite à me laisser seul, à réintégrer l'ombre. Les *Portraits-Souvenir* en témoignent. La mémoire paraissait impuissante à les contraindre. Ils s'échappaient en foule. Il n'en serait pas de même si je devais faire appel à des souvenirs proches. Recommenceraient alors les attentes, paperasses, guichets d'une administration discourtoise. Voilà pourquoi j'y renonce, malgré les offres que j'en ai de toutes parts.

Le seul bénéfice que je tire de cette administration, c'est que beaucoup de mauvais souvenirs s'y perdent. On dirait même qu'elle ne les conserve pas. Elle conserverait par contre des souvenirs insignifiants, analogues au rideau de tulle que néglige un incendie. Ces souvenirs-là, qu'elle mésestime et n'enferme pas dans ses coffres, elle s'en débarrasse assez facilement. Sans qu'elle s'en doute, ce sont ceux que je préfère et qui me rafraîchissent le cœur.

Les entrepôts de la mémoire ne contiennent pas les seuls objets que nous y avons mis. Ils contiennent ceux de nos ancêtres et des ancêtres de nos ancêtres. Cela excuse quelque désordre et la mauvaise humeur des recherches.

Il arrive aussi que l'administration de la mémoire embrouille ses fiches et nous montre un épisode nouveau comme si nous l'avions déjà vécu. Ce phénomène dure l'espace d'un éclair. Il est peu fréquent. L'erreur de fiches s'y dénonce par l'insignifiance des épisodes que la mémoire nous montre comme les sortant d'elle avant de les y avoir mis.

L'objet que nous réclamons à la mémoire, il advient qu'elle nous le livre sans son contexte. Je veux dire sans un deuxième objet qui nous le rende utilisable. Par exemple, elle nous livre un visage sans le nom qu'il porte, ou un nom, sans le visage qui l'illustre. Elle ne nous livre pas un nom familier à la seconde où nous en aurions besoin pour présenter une personne à une autre. Elle nous laisse la bouche ouverte lorsqu'une personne qui constate notre désarroi nous demande si nous la reconnaissons, en exige la preuve, surtout lorsque nous étions sûrs de l'avoir reconnue, et que seul son nom nous échappe.

L'impossibilité où nous sommes d'obtenir un objet n'empêche pas que le vide où s'inscrira cet objet ne nous devienne sensible, et que nous n'en percevions la forme sans être capables de la combler. Ce vide est aussi net que le rectangle propre laissé par un tableau disparu sur une paroi sale, que l'empreinte d'un bijou sur le velours d'un vieil écrin. Velours et paroi témoignent d'une absence. Ils ne la peuvent nommer ni dépeindre. Voilà une des farces de l'administration de la mémoire, plus rapide à nous expédier la paroi et le velours que le tableau ou le bijou. Et je ne parle pas d'un décor sans l'artiste, d'une parole sans la bouche, d'un lieu sans attaches géographiques. Je parle de la forme d'un vide, d'un vide ayant forme, d'un vide dans le vide, d'un vide qui nous tourmente parce qu'il délimite ce qui doit y prendre place et que ce fantôme d'objet refuse de nous dire son nom.

J'évite d'aborder les phénomènes assez vulgaires du penthotal, de l'hypnose et de la psychanalyse. Le magasin de la mémoire ne surestime pas ces moyens artificiels de le surprendre. Ce qu'il y lâche est peu, ne dépasse guère ce qu'il y lâcherait sans artifice. Même il s'en amuse, et lâche des objets réclamés par le mensonge. C'est ainsi que des maris ayant exigé d'assister à l'expérience du penthotal, entendirent leurs femmes avouer des fautes qu'elles n'avaient pas commises, des turpitudes dont elles n'étaient pas coupables. On me rétorquera qu'elles les contenaient parce qu'elles eussent aimé être coupables de ces turpitudes et avoir commis ces fautes. Mais cela ne concerne pas la mémoire. Ces objets sortent d'un autre magasin.

Le Mémorial de Sainte-Hélène nous documente sur la marche de l'administration de la mémoire

L'Empereur demande sans cesse à Las Cases pourquoi il ne l'avait pas renseigné jadis sur telle ou telle réforme. Et Las Cases passe au guichet. Il en obtient les souvenirs d'un empereur inapprochable, inabordable, sourd aux conseils de ses proches. L'Empereur, isolé avec Las Cases, n'imagine plus un Las Cases dans l'impossibilité de le joindre et de lui adresser la parole.

★

Certaines ruines furent tellement imprégnées d'idées et d'actes qu'on dirait qu'il y loge une mémoire, que cette mémoire les aide à survivre. Cela frappe au Parthénon que j'abordai en 1936, plein d'une méfiance scolaire. J'y arrivai à midi, au centre d'un silence implacable. La première chose qui m'étonna fut que ce silence parlait. Il parlait une langue inintelligible. Mais il la parlait. Et je me rendis compte que cette espèce de langue sortait des colonnes. Un feu rose les habite encore. Elles le dégorgent et elles échangent des souvenirs.

D'autres colonnes sont mortes et ne parlent que par notre entremise. Celles de Sunium, dont le temple est un squelette rongé par le sel marin. Elles se dressent sous l'aspect de cendres de cigare superposées. Elles se taisent. Encore que les haut-parleurs qui les entouraient en 1949 leur prêtassent une sorte d'organe oraculeux. La signature de lord Byron y fait entendre une petite voix de cigale. Mais, à l'encontre de la ruine de l'Acropole d'Athènes, la ruine du cap Sunium ne se souvient pas.

★

Voilà que je divague. Je voulais me rendre digne du savant auquel je consacre ces notes.

C'est impossible. Je lui présente mes excuses. Trop de contradictions le doivent surprendre, bien qu'il soit un adepte de la théorie des contraires, et bien qu'il m'affirme que les poètes trouvent d'abord et ne cherchent qu'après.

Qu'il me serait agréable de joindre des masses précises, d'en édifier un temple à Minerve! Un temple où je ne craindrais pas son farouche casque à yeux bleus, pareil au chiffre 7. Mais j'entasse à l'aveuglette des blocs de déraison. Je m'abandonne aux délices de désobéir. Je m'y embourbe. De temps en temps, je me fatigue de ma désobéissance, et j'obéis. Peut-être mes périodes d'obéissance éclaireront-elles un peu les autres, les découvrira-t-on sur mes blocs déraisonnables, comme on distingue des dates sur ceux du chaos d'Eleusis.

Mon idéal eût été d'avoir une table à écrire et de m'y asseoir à heures fixes. De trouver des phrases qui conviennent à un discours. De mener ce discours à ma guise. De ne pas m'égarer dans les marges. De ne pas perdre le sens de la direction. De la reconnaître aux étoiles.

Tout cela n'est pas en ma puissance. J'y aspire sans le connaître et ne le connaîtrai jamais.

Hélas! pour descendre dans ma nuit, que n'ai-je votre lanterne sourde, mon cher René, que n'ai-je votre poigne, mon cher Sartre? Pourquoi les poètes ne peuvent-ils être ce qu'ils se devraient d'être : des professeurs. Mille superstitions entravent un poète. Chez Sartre absence totale de superstition. Il passe sous toutes les échelles.

Avec le *Saint-Genet* (préface aux Œuvres complètes de Jean Genet) nous assistons à ce spectacle : pendant cinq cent soixante-treize pages,

Sartre, masqué de linge, en blouse blanche de clinicien, ouvre Genet endormi sur le billard. Il démonte la machine. Il la remonte. Il recoud. Et Genet respire, libre. Il ne souffrira pas au réveil. Mais lorsque Genet quitte le billard, un autre Genet y reste et se lève à son tour. L'un devra se conformer à l'autre, ou prendre la fuite.

Dans une Sorbonne de rêve, Sartre improvise une thèse monstrueuse à laquelle aucun de ses collègues n'oserait prétendre. Sur le damier de l'époque hésitante, il pousse si loin sa pièce d'échecs, qu'il bloque le jeu. Il gagne. Je perds. Je pousse mes pièces à la sauvette et le moindre souffle éteint ma lanterne.

★

P.-S. — Je retrouve dans mon livre *Opium* une circonstance où la mémoire lâche son matériel sur un signe, alors qu'elle ne le délivrerait pas sur un autre. Une sorte de *Sésame ouvre-toi.*

Un jour que je me rendais rue Henner, en passant rue La Bruyère où j'ai vécu ma jeunesse au 45, *hôtel dont mes grands-parents habitaient le premier étage, et nous l'entresol (le rez-de-chaussée ne comprenait qu'une salle d'études ouverte sur la cour, et les arbres du jardin Pleyel), je décidai de vaincre l'angoisse qui, d'habitude, me fait courir dans cette rue en sourd et en aveugle. La porte cochère du* 45 *étant entrouverte, je pénétrai sous la voûte.*

Je regardais avec surprise les arbres de la cour où je me partageais l'été entre ma bicyclette et la décoration de guignols, lorsqu'une concierge soupçonneuse, sortant la tête d'une haute lucarne, jadis condamnée, me demanda ce que je faisais là. Comme je répondais que je venais jeter un coup d'œil sur ma maison d'enfance, elle dit : « Vous m'étonnez beaucoup », quitta la lucarne, vint me rejoindre par le vestibule, m'inspecta, ne se laissa convaincre par aucune preuve, me chassa presque, et claqua la porte cochère, soulevant avec ce bruit de canonnade lointaine, une foule de souvenirs nouveaux. Après cet échec, j'imaginai de parcourir la rue, depuis la rue Blanche, jusqu'au 45, *de fermer les yeux, et de laisser traîner ma main droite sur les immeubles et les réverbères, comme je le faisais toujours en rentrant de classe. L'expérience n'ayant pas donné grand-chose, je m'avisai qu'à cette époque ma taille était petite et que ma main, traînant actuellement plus haut, ne rencontrait pas les mêmes reliefs. Je recommençai le manège. Grâce à une simple différence de niveau et, par un phénomène analogue à celui du frottement de l'aiguille sur les aspérités d'un disque de gramophone, j'obtins la musique du souvenir. Je retrouvai tout : ma pèlerine, le cuir de mon cartable, le nom du camarade qui m'accompagnait, ceux de nos maîtres, certaines phrases que j'avais dites, le timbre de voix de mon grand-père, l'odeur de sa barbe, des étoffes de ma sœur et de maman.*

DES DISTANCES

M. LANGEVIN : Mais comment mesurez-vous ces choses?
EINSTEIN : Ces choses ne se mesurent pas.
Collège de France, 1923.

Nos sens nous limitent d'ici à là. La gamme nous donne un exemple de cette limite. Il nous faut bien arranger avec. Il advient que certaines plantes, certains gaz nous prolongent dans une direction ou dans l'autre. (Le Peyotl qui nous fait passer outre notre code des perspectives et des couleurs. Le protoxyde d'azote qui nous fait passer outre notre code du temps.) Et le rêve lui-même qui nous permet de vivre en une seconde des intrigues aussi volumineuses que celles de Proust.

Et certes notre désobéissance aux règles pourrait être une désobéissance plus riche que de vaincre le sommeil, de traîner tard dans la nuit, au lieu d'obéir avec la charmante discipline des volubilis qui se recroquevillent, se mettent en boule, changent de couleur et s'endorment, dès que la nuit tombe. Il s'ouvre à nous mille champs de désobéissance. Mille limes pour scier les barreaux de notre cellule. Mille cordes à nœuds pour en descendre, au risque de nous rompre le cou. Mais n'est-ce pas une idée fixe de captif que de prendre le large, même si quelque sentinelle nous tire dessus, nous cueille en bas, et nous réintègre dans notre prison?

Vous pourrez bien fouetter la mer comme Xerxès, écrire un cartel de défi au mont Athos et, comme les Thraces tirer des flèches contre le ciel, vous n'en changerez pas la figure. Plus sage est de s'attaquer à des règnes dont l'indifférence ne nous fera pas honte de nos actes parce qu'on ne les vérifiera pas.

La gloire des peintres (et cela contre le tribunal qui les juge en première instance) vient de ce qu'ils transgressent les lois d'esthétisme qui les encadrent, qu'ils brisent ce cadre et nous imposent un ordre qu'on estime désordre, et qu'ils substituent au dernier ordre établi.

C'est en songeant à cette toile et à ces couleurs inévitables, contre lesquelles ils donnent furieusement de la tête comme les insectes contre une vitre, que me vint l'idée de prendre le large sur une feuille, de mettre à l'étude (tant bien que mal) une théorie des distances, théorie dont j'éprouve les effluves et dont le seul moyen de me libérer d'elle sera de la préciser et jeter au dehors. Théorie invincible, puisque l'homme ne possède pour la combattre que des armes primitives, bien qu'il les croie perfectionnées à l'extrême.

Il est hors de doute que Proust a eu la perception du temps véritable, des fausses perspectives qu'il affecte et de notre possibilité de lui en imposer de nouvelles. Mais les attaches de Proust sont trop puissantes. Il est attaché par trop de gourmandise à une églantine, à une table d'hôtel, à une particule, à une robe, pour prendre vraiment le large [1]. Sans doute est-ce légitime puisqu'il ne cherche qu'à vaincre le réalisme. Collé, dit-il, à la sensation présente, il retombe dans un autre réalisme, qu'il limite à un montage de clichés pris par l'œil, l'oreille, et reconstruits grâce à une opération déformante de la mémoire.

C'est donc une méthode de romancier qu'il préconise, et il gagne. Ce qui n'empêche pas qu'on puisse prendre un autre large puisque les possibilités de cette sorte d'expériences sont sans bornes. C'est l'honneur de l'homme de pouvoir envisager ce qui n'a pas de visage, ce qui n'empêche pas qu'il est difficile de nommer l'innommable, surtout si le vocabulaire scientifique nous fait défaut.

Bref, la matière dont nous sommes faits est beaucoup plus éloignée de nous que n'importe quelle galaxie observable. Elle est inobservable. Trop lointaine (trop proche) pour l'être. Soumise à un régime d'éloignement qui nous échappe.

Y a-t-il réellement lourd et léger, court et ra-

1. Les trois mouvements de Proust : Désirer les choses de loin. N'en pas jouir quand on les possède. S'en séparer pour en jouir de loin.

Ce loin étant son près, le près lui éloigne les choses jusqu'à les lui rendre invisibles. *Exemple :* « Mais, surtout, la contraction du plaisir que j'avais auparavant cru avoir était due à la certitude que rien ne pouvait plus me l'enlever. »

. . . .

Ce soir-là, la croyance, puis l'évanouissement de la croyance que j'allais connaître Albertine, l'avaient, en quelques secondes d'intervalle, rendue presque insignifiante, puis infiniment précieuse à mes yeux.

pide, grand et petit et autres certitudes des moins certaines? Nous tirâmes des lois de notre infirmité. Encore faut-il admettre qu'elles ne sont peut-être pas universelles, et que, comme il arrive d'un peuple à l'autre, elles ne valent que chez nous. L'évidence m'apparut que notre législation étonnerait au-delà de certaines frontières, que cette législation ne régit que notre république, que les chimistes, mathématiciens, historiens, astronomes, philosophes, biologistes en sont les législateurs et que si nous ne sommes pas libres d'en exprimer la certitude, nous le sommes d'en avoir le pressentiment [1].

C'est dans cette frontière entre le visible et l'invisible, que tout réside, à partir de cette frontière que tout bascule, que ce qui s'approche ne rapetisse pas mais affecte de rester petit. Et le petit (humain), entre ce qui me concerne : insectes, microbes, neutrons, électrons, et ce qui ne me concerne pas : l'imperceptible total, la frontière est éparse, confuse, d'autant plus étrangère. D'une part, une échelle des valeurs, des tailles, des poids et des mesures, de l'autre, une échelle qui nous échappe à cause de cette distance proche et infranchissable dont je m'occupe.

Il faudrait aller jusqu'au bout et, s'il n'y a ni poids ni mesure, dire qu'il n'y a pas de distances et que non seulement les distances nous trompent,

1. Il y a des prodiges du chiffre. Evariste Galois, Rimbaud des mathématiques, mort à vingt ans (le 29 mai 1832) victime des pédagogues, après avoir écrit soixante pages qui ouvrent encore des perspectives inconnues aux hommes de science. « Je suis un barbare, disait-il, parce qu'ils ne me comprennent pas. » Et : « J'ai mené à chef des recherches qui arrêteront bien des savants dans les leurs. »

mais encore qu'elles résultent d'une erreur protective de notre machine. Comme nous avons décidé (cru constater) qu'il y avait des choses lourdes et des choses légères, des choses grandes et des choses petites, nous avons établi qu'il y en avait de proches et de lointaines et, si d'une part cela nous arrange, cela nous dérange de l'autre, car cela nous empêche de suivre la route qui nous délivrerait de notre cellule et nous permettrait d'en sortir, sans en sortir.

Dans de tels domaines, il serait admirable, malgré la distance qui sépare A de Z, de pouvoir en user comme de l'alphabet, lorsque nous formons le mot azur ou Zamore, et que nous supprimons la distance alphabétique.

Il faudrait s'habituer à dire, au lieu de : « Comme c'est petit » « Comme c'est loin », et y croire, pressentant que cette distance qui ne paraît pas exister, existe, et que le fait de prendre quelque chose dans notre main, et que notre main qui prend ce quelque chose, se trouvent à des distances incalculables de notre pensée et de notre regard. Nous envisagerions alors une mesure occulte qui nous permettrait, non pas de voir l'invisible, mais de ne le pas situer dans un autre règne.

Une forme encore inconnue de la distance nous laisse entendre que ce qui est près ne peut être loin. Cette erreur aveugle sur le mécanisme des mondes, où l'infiniment grand ni l'infini petit ne s'échelonnent, mais bien un seul modèle qui nous dupe par l'entremise d'une feinte, d'œillères à nos sens, d'une loi secrète des rapports.

Car ce loin n'a que faire avec ce dont on s'éloigne. Il imperceptibilise le proche et nous aveugle, par exemple, sur la matière qui gravite, invisible et visible à nos yeux. Il nous dissimule les mondes et les mondes des mondes dont l'éloignement énigmatique imite un compact, et nous en impose la fable. Il nous illusionne sur l'apparence du moindre objet.

Nous ne reconnaissons le relief et la différence de tailles sur une image que par une opération de l'esprit qu'on se figure être instinctive et qui ne l'est pas. Eisenstein me raconta que, tournant son film *la Ligne Générale,* il était entré dans une isba. Deux cartes postales ornaient la cloison. La première représentait Cléo de Mérode, la seconde la tour Eiffel. Comme il interrogeait la vieille paysanne qui habitait la chambre, elle répondit que c'étaient l'empereur et l'impératrice. Elle ignorait et le nouveau régime et ce que représentaient ces images. Pour elle, des images ne pouvaient être que celles de la tzarine et du tzar.

Certains Indiens des hautes montagnes où il ne se rencontre ni miroirs ni lacs, reconnurent les autres indigènes sur une photographie de groupe, mais ne se reconnurent pas, et demandèrent qui était l'inconnu. Mais ils lisaient déjà l'image, alors que certaines peuplades ne la lisent pas et la regardent à l'envers.

Cette opération de l'esprit est aussi difficile, soit qu'il s'agisse d'une image réaliste, soit d'une image cubiste ou abstraite. L'esprit a l'habitude de la mise au point, grâce à laquelle l'image réaliste lui est instantanément traduite. Il n'est pas encore habitué à une mise au point des images qui s'adressent à l'œil de l'esprit.

Que dire de la mise au point des perspectives du temps et de l'espace sur lesquelles l'homme ne possède que les notions les plus illusoires et les plus confuses! A telles enseignes que, me retrouvant dans un hôtel d'une ville à quelques années de distance, je crois vite n'avoir pas quitté cet hôtel et la forme des lieux arrive à m'abolir la période qui sépare mes deux séjours.

L'homme se réconforte par une idée de présent qui est aussi fausse qu'un reflet dans l'eau courante. Mais l'eau du temps qui coule détermine le vieillissement de l'image fixe qu'elle reflète. Cette image, quoique fixe, coulant donc d'une autre manière que l'eau du temps qui coule sans entraîner le reflet. C'est que ni le reflet n'est fixe, ni l'eau du temps ne coule, et que tout cela se meut selon des règles qui nous échappent.

Déjà se présente comme une audace d'imaginer que les plus minuscules microbes en contiennent une foule et ainsi de suite. Un docteur ose à peine prétendre en 1952 qu'il a découvert qu'un minuscule microbe en contiendrait un seul plus minuscule. Que serait-ce si ce docteur devinait, et si nous devinions, que cet invisible-là relève encore de notre règne, et qu'il en est un autre qui relève de lois que nos sens ne peuvent concevoir! Et cependant, j'estime que le microbe n'est point petit, puisqu'il ne l'est pas pour lui-même, et que déjà dans notre règne ce monstre n'est pas petit, mais est *loin*. Ce loin étonne. Mais le vrai loin qui échappe à notre règne et dépasse la frontière du compréhensible, nous étonnerait bien davantage s'il se révélait à nous.

Il me manque, hélas! l'aisance professorale, laquelle me permettrait de poursuivre cette recherche.

Mais il n'est pas dit qu'un jour des sens artificiels n'élargiront pas la zone d'investigation des nôtres, et que ma canne d'aveugle ne rencontrera pas la réalité des découvertes de Vinci ou des phantasmes de Verne.

Il est probable que rien ne se termine, ni ne commence. L'idée du minuscule, une fois inadmise, on admet que des mondes et des mondes pullulent dans tous ces sens que nous désignons par les termes immensité et petitesse. Que tous les mondes sont d'un égal volume (sauf en ce qui concerne des systèmes explosifs et fragmentaires comme le nôtre) et que seule notre inaptitude à le concevoir nous incite à peupler l'immensité de dieux et à croire que l'infiniment petit comporte un terme.

Il est donc certain qu'une nouvelle conception de la distance abolirait l'idée absurde de l'infiniment petit ayant un terme, et que l'idée du petit et du grand, vidée de son sens, permettrait de ne plus se perdre ou heurter contre les murailles fantômes du vaste et du minuscule.

Rien n'est plus difficile à communiquer à autrui — puisque toute communication simple est déjà presque impossible — que cette idée de l'infiniment petit sans bornes, alors que l'idée de l'infiniment grand sans bornes, profite du vague dont tant d'esprits s'accommodent. Il est impossible de faire admettre à une personne que l'image de son portrait tenant à la main un magazine sur lequel se trouve son portrait tenant à la main le même magazine, diminue de taille jusqu'à devenir imperceptible, mais ne s'interrompt pas pour cela et ne s'interrompra jamais. Par contre, il est facile de lui faire admettre son corps glorieux et une apothéose à quoi ce corps glorieux participe. Cette idée d'un point mort d'où s'évase une sorte d'entonnoir sans limites est fort peu raisonnable, mais elle conforte la raison. Ce confort évite des malaises supplémentaires et des recherches qui en aboliraient d'autres qu'on estime acquises une fois pour toutes.

Lorsqu'on nous dit que les électrons pèsent un millionième de milligramme, cela ne veut pas dire qu'ils pèsent moins que les planètes. C'est encore une perspective de cette distance inconnue qui nous trompe sur leur poids. Un trompe-l'esprit comme il y a des trompe-l'œil.

Ce qui m'a déterminé à écrire ce livre après *La Difficulté d'être*, c'est que je l'adresse aux personnes de plus en plus rares qui lisent au lieu de se lire, et qui mettent à l'étude la terminologie d'un auteur. On a tendance à glisser sur les mots, à ne pas comprendre que la manière dont ils s'imbriquent est indispensable pour exprimer ce qu'ils expriment. Le sens d'une phrase n'est pas tout. C'est l'essence qui compte. Le sens intime ne peut venir que de la manière de peindre, et non de ce que représente le tableau.

Si le sens des mots se perturbe, que sera-ce de l'essence des mots? Nous entendîmes hier une dame employer plusieurs fois de suite le mot « méconnable », en place de « méconnaissable », sans s'apercevoir qu'on en riait. Une autre dame (ce matin) s'étonnait que la mer fût salée. Or, je constate que ceux qui se moquent de cette dame s'étonnent de pareilles évidences, mais dans un domaine (le nôtre) sur lequel il est peu civil de s'appesantir. « Ce n'est pas dans le programme », phrase dont nos étudiants se servent pour excuser leur paresse.

Il y a plusieurs loins qui ne ressemblent pas au loin tel que nos sens l'enregistrent. Vu atomiquement, le temps de notre système est si vertigineux (le télescope ne faisant que corriger notre œil et le microscope nous flouant en ce qu'il rapproche du loin qui ne cesse pas de l'être même vu de près) que les détails y disparaissent comme les pales d'un ventilateur. D'un autre loin encore, ce tourbillon se fige. Il forme un bloc où passé, présent, avenir, s'intègrent. L'éternité est encore un terme qui relève de notre idée du temps. Pas plus que le temps, l'éternité n'est concevable. Je veux dire qu'elle est de signification paresseuse. Dans le mot « toujours » il y a une idée de continuité qui s'oppose au phénomène statique auquel l'homme bref substitue par contraste le mirage de la durée. C'est pourquoi j'avais écrit, sans m'étendre, que le temps était un phénomène de perspective analogue à celui de la tête de mort de Holbein. Il faudrait donc inventer un terme qui n'exprimât ni le déroulement ni le statisme et un tel terme est impossible à inventer, puisque les termes relèvent d'une convention à laquelle cette chose qui est sans être, échappe. C'est le contraire du néant. Le contraire de la vie. Fort simple sans doute, plus simple que notre concept, mais inconcevable et inexprimable pour une pauvre créature soumise aux forces centrifuges et centripètes. En outre, en admettant que ce fût possible, on aura contre soi le double obstacle de la science et des incrédules.

Aucune chose n'est grande ni petite, pas davantage que n'est petite ni grande une chose observée tour à tour par un bout ou par l'autre bout de la lorgnette. Ce qui n'empêche pas l'homme d'être obligé de naître, de mourir. De vivre, seconde par seconde, des événements qui semblent se produire à la queue leu leu, alors qu'ils se produisent tous ensemble et, en vérité, ne se produisent même pas, puisqu'il ne peut y avoir de présent, et que nous nommons passé et avenir des lieux inaccessibles qui nous traversent. Ce qui revient au même que l'*éternel présent* d'Eddington : « Les événements, dit-il, n'arrivent pas, nous les rencontrons sur notre route. »

Quelque fou que cela paraisse, le néant ou la vie, le vide ou le plein, sont des concepts naïfs que l'homme oppose à l'écœurement de s'y perdre, et qu'il sculpte comme des idoles sauvages.

L'orgueil ordonne aux uns (et coûte que coûte) d'être quelque chose, aux autres de n'être rien, alors que ce rien est aussi inconcevable que ce quelque chose, et ce quelque chose que ce rien.

Je ne me refuse pas à croire ce qui semble être. Soit. Mais, s'il est, c'est autrement. Aussi étranger à nos certitudes que, par rapport à la vie, la libre et absurde magnificence du songe [1].

1. Dans un rêve où je marchais de long en large, devant une fourche plantée debout, entre la fontaine Wallace et le piédestal d'un des chevaux de Marly aux Champs-Elysées, je me dis que je marchais de long en large pour *attendre mon réveil*, et

Et c'est ce rien qui nous demeure inconcevable, à nous qui sommes quelque chose, et dont la subjectivité se matérialise perpétuellement en objets. Ce moi et ces objets qui en sortent nous alourdissent et nous encombrent. Nous nous cognons contre des murs recouverts de phrases écrites et, pour courir de l'un à l'autre, il nous faut escalader un garde-meuble, un capharnaüm de statues cassées, un grenier d'enfance avec le cercueil du croquet et le passe-boules. Que n'avons-nous l'aisance du rêve? On y vole si bien qu'on s'imagine en être capable au réveil. Mais dans la veille, autant que les trois murs qui nous emprisonnent, nous sommes victimes d'un stock d'objets qui nous cachent le quatrième, lequel doit être translucide et s'ouvrir sur des murs innombrables (mettons sur la liberté).

Vue de haut, une maison est un habitacle qui me serait inadmissible sans l'aide de l'habitude. Vue de plus haut encore, elle est un point. Vue de plus haut, elle s'efface. D'un avion, la vie humaine disparaît avant celle de ses habitacles et de ses cultures. Bientôt, vie, maison et cultures disparaissent.

De plus en plus haut, seul le mouvement du globe deviendra visible. De plus haut encore, il disparaîtra comme a disparu le mouvement de ce

me réveillant davantage, je me demandai pourquoi marchant de long en large, je n'allumais pas une cigarette, à mon habitude. C'est alors que je constatai *que je ne fumais jamais dans mes rêves*, ce qui ne doit pas être sans rapport avec la suppression de l'usage des cigarettes dans mes pièces. Suppression que je mettais sur le compte du bouche-trou que fumer représente pour les acteurs, bouche-trou qui ne doit trouver sa place ni dans une intrigue ni dans un texte.

qui l'habite. C'est alors qu'apparaîtrait une matière qui semblera dense, immobile, faite de ce grouillement imperceptible et vertigineux.

L'exemple est meilleur à l'inverse. Imaginons un microscope dont la puissance de grossissement devient de plus en plus forte. Nous verrons d'abord l'objet, puis de quoi l'objet se compose, puis les atomes qui gravitent, puis quelques atomes, puis un atome qui se bombarde, puis un bombardement qui se calme, puis des orbes et des trajets d'astres, puis une planète, puis un détail de cette planète qui nous apparaîtra immobile. Puis commencera le spectacle de ce qui loge sur cette planète. Puis, les habitacles, puis ceux qui les habitent, vivent et meurent.

Donc, vue de près, une maison existe et ceux qui l'habitent. Vue de loin, elle n'existe pas, ni ceux qui l'habitent. Vue d'encore plus loin, le temps diminue comme l'espace jusqu'à n'être qu'une vitesse qui finalement va si vite qu'elle se fige pour l'observateur idéal aux yeux duquel cette vitesse devient incroyable, les siècles se succédant à une telle cadence qu'après le premier spectacle de continents qui changent de formes, de mers qui envahissent les terres, de montagnes qui surgissent, d'îles qui sombrent et, de plus près, de temples, d'immeubles qui se bâtissent et qui s'écroulent, de chevaux, de chars et d'automobiles qui circulent sur les routes, etc. (et cela à toute vitesse comme dans les films accélérés), il ne restera d'un peu plus loin que le spectacle d'un monde mort, qui l'a toujours été et le sera toujours, et d'un peu plus loin, ce monde disparaît lui-même et n'apparaît plus que le système dans lequel il tourne et, d'un peu plus loin, ce système disparaît, tous les systèmes disparaissent et semblent inertes. Et n'apparaîtra plus (ce qui exigerait un rapprochement foudroyant de l'appareil-œil) qu'une matière qui semble morte.

★

Et pendant que plusieurs milliers de siècles se seront écoulés sur terre depuis notre départ, un phénomène de perspective, malgré le fait que ces milliers de siècles s'écoulent, remettra le temps en place au fur et à mesure que nous nous rapprocherons de la terre et reconstruira la perspective normale d'un voyage, de même que le rapprochement reconstruit normalement la maison détruite et la rend habitable avec tout ce qu'elle contient.

Il est bien entendu que ce loin, si loin du nôtre et si différent, ne doit pas être envisagé lorsque je parle des distances qui concernent l'aviateur, l'astronome ou le chimiste. La distance que je présuppose est celle dont les perspectives fonctionnent au-delà du mécanisme qui, même aidé par la science, nous demeure perceptible. C'est sans doute à cause des habitudes scientifiques et de ses conceptions historiques de la terre, que la science se refuse à établir un rapport entre l'éclatement dont nous sommes une miette et des éclatements observés par les microscopes.

Dans ces phénomènes de perspective, la défense de l'inconnu est un chef-d'œuvre : 1° parce que l'homme répondra qu'il achète un fauteuil, qu'il en discute le prix, qu'il le fait transporter jusqu'à sa maison, qu'il s'y assoit, qu'il se lève, le quitte et le retrouve. L'instantanéité de toute cette chaîne d'actes ne lui apparaîtrait que d'une distance qui s'annule par le fait que l'observateur capable d'observer de si loin ne le pourrait qu'à l'aide d'appareils qui rapprocheraient sa vue et remettraient la perspective humaine en place (ou qu'elle se produise, si l'observateur est sur terre et observe d'autres galaxies, ou habite d'autres galaxies, et nous observe). Il me rira donc au nez et me dira que je me trompe et rira au nez d'un observateur ou spéculateur de n'importe quelle planète. 2° Si un savant développe cette thèse, il la développera en des termes et avec des calculs qui la rendront incompréhensible à l'homme qui vit sa vie et se constate (en se plaignant déjà que sa vie soit courte). 3° L'idée du court et du long, du petit et du grand, est mise en nous avec une puissance, un génie de bêtise, dirai-je, difficile à vaincre, sauf sous forme de spéculations que le journal quotidien arrive facilement à vaincre chez l'homme dont il flatte l'orgueil et le point de vue terrestre.

L'homme accepte de moins en moins ses limites. Il les transcende à sa manière qui n'est pas toujours la bonne. Par exemple, à l'aide des ultrasons qui tuent et risquent de mettre entre ses mains l'arme la plus redoutable.

Ces escalades, hors de nos limites, nous autorisent à envisager une structure de l'univers fort différente de celle qui est notre credo, et de nous interroger sur des problèmes qu'on néglige parce qu'ils dérangent le confort.

J'admire toujours le confort fragile où vivent les savants. Ils méprisent notre ignorance et ne songent jamais à l'ouate qui les isole, par exemple, des sons inaudibles. Il suffirait de leur aveuglement en face parfois de leur ménage ou de la toile d'un peintre, pour anéantir cette certitude qu'ils savent pénétrer cette ouate qui nous enveloppe et nous inflige de monstrueuses erreurs d'optique morale. Il est vrai que la netteté de leur champ d'études exige qu'ils réduisent l'ouverture de leur objectif.

Mais, même dans leur domaine, s'ils s'y meuvent avec audace, ils demeurent prisonniers des habitudes qui nous empêchent de passer outre certains dogmes et certains rapports. Car ils estimeraient, en les outrepassant, perdre le sérieux, basculer dans la fantaisie ou, pour tout dire, dans la poésie avec quoi ils la confondent. C'est sans doute ce que l'un d'eux (Henri Poincaré) laissait entendre en me disant, dans ma jeunesse, chez Mme Raoul Duval, que certains sujets d'expérience étaient le lieu de phénomènes trop particuliers pour qu'ils pussent rendre quelque service et autorisassent à en tirer profit[1]. Il ajoutait que les poètes avaient « bien de la chance », mais qu'on ne les croyait pas, faute de preuves.

Que prouvent les preuves? Je suppose que c'est cette réserve, cette attitude circonspecte, analogue à celle de l'Eglise, lorsqu'elle envisage une canonisation, qui cloître les savants et me fait déclarer ailleurs que la science se traîne et compte ses pattes.

L'homme a toujours cherché dans la responsa-

1. Le cas de Gaston Ouvrieu (1917). Il prouve (inutilement en ce qui concerne la science) qu'il suffirait de très peu de chose pour radariser un cerveau humain. Ouvrieu peut conduire une voiture à toute vitesse les yeux bandés. Il peut répondre aux questions que son interlocuteur *pense*. Il ne s'agissait pas d'un phénomène médiumnique, mais d'un minuscule éclat d'obus dans les méninges.

bilité une affirmation de son importance. On observe que tous les cataclysmes d'ordre cosmique par lesquels la terre fut dérangée, lui apparaissent comme destinés à punir les uns et sauver les autres. De ce désordre, il a fait un ordre à son usage. Tel en profite pour croire qu'un ange, ou queue de comète, balaye la terre, extermine ses ennemis, tel autre qu'il ouvre la mer et la referme, tel autre nomme Pallas l'ange typhon, et il devient la grande sauterelle de l'Acropole. Il met en cage de marbre son effigie d'ivoire et d'or. D'innombrables textes de l'Egypte, de la Chine, du Mexique, de la Laponie témoignent du cataclysme à nom d'ange qui plongea la moitié du globe dans les ténèbres, et sembla, sur l'autre face du globe, arrêter le soleil. Tous l'interprètent dans un sens qui donne un rôle à l'homme et nul ne se résigne à n'être rien qu'une poussière dans un cyclone. Une société à responsabilité limitée se veut responsable, parce qu'elle a peur de forces aveugles et qu'elle préfère être sous la surveillance d'un tribunal, espérant gagner le procès et préférant le perdre que de se résoudre à un rôle passif.

L'atome est un système solaire. Les électrons frappés par l'énergie du photon sautent d'une orbite à une autre plusieurs fois par seconde. Tandis que (dit Velikovsky) *étant donnée l'immensité du système solaire, le même phénomène ne s'y produit qu'une fois par centaine de milliers d'années.*

Il est étrange que Velikovsky parle d'immensité de notre système et de petitesse de celui de l'atome, alors que l'immensité et la petitesse ne sont que par rapport à nous. Pour les civilisations des planètes de l'atome, le phénomène semble se produire au même rythme que le nôtre.

Il est logique, les cycles se suivant et s'annulant, que les textes n'enregistrent qu'un seul cataclysme, le dernier avant celui qui doit suivre (à rythme égal) dans plusieurs milliers de siècles. Cet autobombardement du système de l'atome laisse à l'homme une période assez considérable pour qu'il s'imagine être en lieu sûr et s'enorgueillisse de progrès que le prochain choc réduira en poudre. Le globe passera ensuite à d'autres exercices. Il changera de structure, découvrira des Amériques.

Le curieux serait qu'une période, entre deux chocs normaux, permette à l'homme de provoquer lui-même un cataclysme anormal sans le moindre rapport avec le rythme des quanta de l'atome. Qu'il désintègre son propre système en essayant d'en désintégrer d'autres. Ce qui n'est pas plus grave, entre nous.

L'autobombardement dont notre système tire son énergie comme tous les autres, pour la distribution constante et discontinue des quanta, lui échappe puisque, je le répète, l'atome que l'observateur scientifique croit minuscule se bombarde plusieurs fois par ce que l'homme appelle seconde, et que ce bombardement qui se produit chez nous aux mêmes intervalles paraît ne se produire que séparé par des milliers et des milliers de ce que l'homme appelle siècles.

Le sentiment d'immobilité jouera dans ce que l'homme appelle les deux sens (grand et petit). Car si l'œil s'approche d'un système, il isolera et découvrira le temps, tel que notre perspective nous le montre, et si l'œil s'éloigne d'un système, il annulera le temps et la perspective ne lui présentera plus qu'une matière soi-disant immobile faite d'une organisation d'atomes, qu'il ne distingue plus et à plus forte raison dont il n'envisage pas le mécanisme. C'est pourquoi le temps dupe notre sens de la durée au même titre que notre vue.

Ce qui prouve que temps et espace ne forment qu'un et que nos seules règles les isolent. Cela nous dupé à mêmes enseignes qu'une glycine qui s'enroule à une tringle avec l'adresse d'un reptile et que le regard humain prend pour du bois mort.

Une preuve que le temps n'est qu'une piperie c'est qu'un véhicule, parvenant à quitter son système et à s'introduire dans le nôtre, verrait notre poussière atomique devenir mondes et ses propres mondes devenir atome derrière sa fuite. S'il retourne à son système, il devrait y retourner plusieurs milliers de siècles après son départ. Mais, je l'ai déjà dit, en réintégrant son système, la perspective change, et il se produira cette bascule que, malgré les siècles écoulés depuis son départ, il se posera sur son monde après le temps normal de son voyage. Par contre, si certains appareils lui permettent d'observer nos mondes de son habitacle et de près, ce *près* demeurera un *loin* et il ne les verra plus que sous forme d'atome et d'autobombardement continuel. C'est pourquoi l'homme porte en lui, assez confuses, les notions de l'immédiat et de la durée dont il éprouve les malaises et les contradictions sans en démêler la cause.

Le temps jouera le rôle attribué à l'espace et

redeviendra le temps du voyageur comme sa maison lorsque l'avion se rapproche du sol redeviendrait sa maison, ayant cessé de l'être pour sa vue (que seul son esprit corrige), et cette maison, durant qu'elle a cessé de l'être pendant qu'il monte dans les airs, n'ayant point cessé d'être une maison, pour ceux qui l'habitent et qui l'y attendent.

Comprenne qui pourra. Ce qui empêche de comprendre, c'est que c'est trop simple. L'homme complique tout par l'effet d'un départ du pied gauche. Sans doute l'insoluble lui apparaîtrait-il soluble s'il était, par une chance qu'il n'a pas eue, parti du pied droit.

J'ai déjà noté le phénomène qui semble différencier le temps et l'espace, alors que les choses dont nous nous éloignons dans l'espace rapetissent, alors que grandissent jusqu'à l'apothéose historique ou mythologique, les choses qui s'éloignent de nous dans le temps. Mais ce temps n'est qu'une forme de l'espace, une de ces distances qui nous bernent. La possession des choses que le temps éloigne de nous étant plus réelle en notre esprit que la possession des choses qui nous appartiennent ou que nous imaginons nous appartenir dans l'espace. L'objet que je touche (que j'enregistre sans y attacher l'importance qu'on attache à un bien perdu) ayant moins de relief que l'objet perdu que je retrouve par le recul et par les alchimies synthétiques de la mémoire.

Il est du reste possible d'envisager que nous ne sommes peut-être même pas dans un système d'atomes, mais sur la parcelle d'une explosion de la cellule d'un tel système, explosion qui expliquerait le recul vertigineux des astres qui s'éloignent de la terre et que les astronomes observent (le loin où ils les observent nous concernant encore et permettant de constater l'éloignement explosif auquel nous croyons échapper faute de points de repère et grâce à une vitesse de projection d'ensemble qui n'aurait rien à voir avec le mécanisme des orbes célestes). J'ajoute que cette explosion n'a peut-être pas eu lieu, mais qu'elle *a lieu*; ce qui nous paraît stable parce que nous ne pourrions en constater le vertige explosif que sous l'angle d'une de ces distances inconcevables à l'homme, vertige qui n'exclut pas un mécanisme gravitatoire de force acquise.

La faute a toujours été de croire à notre petitesse qui n'a aucun sens et à un infini qui n'en a pas davantage, à notre durée qui n'est ni courte ni longue, et à une durée sans fin qui est pareille à la nôtre. L'infini, l'éternel, seraient donc une prolifération interminable de cellules de taille et de structure analogues. Les unes croyant les autres plus petites qu'elles ou plus grosses.

Si l'on m'objecte que les précédents chapitres me contredisent, je répondrai que ce livre est une manière de Journal, que je considère la contradiction comme l'essence même de la recherche quotidienne et qu'il est honnête de ne pas corriger ses erreurs.

Vous me direz que cette fausse perspective est *la nôtre*, qu'il est sage de s'y tenir. Que si nos sens sont limités il faut s'y résoudre, l'admettre et en tirer le parti qu'ils nous laissent. Que si l'homme est un infirme, il ne s'arrange pas si mal de son infirmité. Sans doute. Mais sans doute si l'homme concevait sans effort que l'espace-temps est un mirage, peut-être perdrait-il son avidité de conquêtes et de ruines. Il est vrai qu'il perdrait du même coup, son courage à conquérir et à bâtir. Tout est donc bien dans le pire des mondes. Ce qui n'empêche qu'il est bon de se soumettre en sachant à quoi l'on se soumet, et qu'il est plus noble de continuer sa tâche en sachant que cette tâche est vaine. Il est du reste possible, que toute tâche soit de même calibre et que le moindre de nos actes joue un rôle primordial dans la machine.

La vie, la mort des hommes et des mondes demeurent la grande énigme. Il est probable qu'il y a encore là perspectives. Que ni vie ni mort ne comptent. Que tout se dévore et se transforme dans un immobile qui est une catastrophe ininterrompue où le vacarme nous est silence, où ni le silence ni le vacarme ne comptent davantage que la vie et que la mort.

Le mystère de la mort réside en son impossibilité apparente puisque le soi-disant infiniment petit, les lointains qui nous composent, ne sauraient finir.

Sans doute, l'infini du corps humain relève-t-il d'une durée aussi indéchiffrable que nos distances et (sous forme de legs ou de décomposition, qu'il ne faut pas confondre avec les phrases poétiques du genre : Les fleurs poussent sur les tombes) le corps possède une permanence de l'invisible, cette éternité dont on cherche à magnifier l'âme. En n'oubliant pas, lorsque je parle d'éternité, que cette longueur elle-même n'a de sens que par notre détresse d'être courts. J'aimerais que des personnes plus qualifiées que moi se penchassent sur ces contradictoires qui doivent cesser de l'être dans une zone où nos trois dimensions provoqueraient le rire.

Décoller de notre vocabulaire et de notre code est un travail que j'ose affronter sous l'aile de l'ignorance. Même si la prison est à perpétuité, mieux vaut pour un prisonnier comprendre qu'il est en prison. Cela engendre l'espoir, et cet espoir n'est autre que la foi.

Ah! combien j'aimerais ne pas tourner en rond et savoir orchestrer ce chapitre. J'y suis, hélas! inapte et souhaite qu'il serve de motif à quelque orchestration savante. Cette orchestration, j'en suis incapable, car le don que je possède est à l'encontre de l'intelligence. Il affecte hélas! une allure d'intelligence et ressemble étrangement à la bêtise. C'est mon drame. Je n'éprouve aucune honte à en faire l'aveu. Car l'intelligence n'est pas mon fort. Elle me paraît être une forme transcendante de la bêtise. Elle complique tout. Dessèche tout. C'est le grand bouc qui mène les troupeaux à l'abattoir.

Aussi, plus mon esprit s'accoutume à prendre le large, plus je deviens humble, plus je me résigne à ma tâche. Je me refuse à voir un corbeau, frère de celui d'Edgard Poe, se percher sur quelque buste de philosophe, et me répéter toutes les secondes : *A quoi bon!*

Un poète est libre de ne pas suivre les rails de la science. De vaincre l'àquoibonisme. On peut estimer Polytechnique et suspecter ses chiffres.

Deux et deux font-ils quatre? J'en doute fort, si j'additionne deux lampes et deux fauteuils. D'Héraclite à Einstein, assez de faux calculs s'entassent pour qu'on puisse dire que la science moderne n'en sait pas beaucoup davantage sur notre monde que ces anciens qui le disaient soutenu par un éléphant.

Plus ma route s'écourte, plus l'idée de mort me semble facile et plus il me semble rejoindre l'état normal de nullité qui était le mien avant de naître. Si un tribunal suprême nous juge, j'estime que l'idée d'avant et l'idée d'après venant de notre impuissance, nous fûmes autant jugés dans le trou qui précède que nous le serons dans le trou qui va suivre. Nos actes n'y peuvent rien, imputables à quelque courant d'air qui bouscule des feuilles mortes. Le tribunal des hommes a vite fait de se substituer à n'importe quel tribunal suprême. Et il suffit de voir avec quelle impudence il retourne sa veste, pour que j'accuse de sacrilège les juges terrestres qui décident du sort des âmes.

DE L'AMITIÉ

J'ayme qui m'ayme, aultrement non;
Et non pourtant, je ne hay rien,
Mais vouldroye que tout fut bien,
A l'ordonnance de Raison.

CHARLES D'ORLÉANS.

Le voyage que nous faisons entre la vie et la mort me serait insupportable sans les rencontres de l'amitié.

L'amour est encore une frange des ordres que la nature nous donne. Sa prodigalité abuse du plaisir d'un acte où elle pousse les uns et les autres pour assurer son règne. Elle semble souvent en abuser contre elle-même, alors que par les amours infécondes elle protège son économie. La juridiction humaine nomme vice la grande prudence avec laquelle la nature évite l'encombrement. Mais l'amitié parfaite est une création de l'homme. La plus haute de toutes.

Ma seule politique fut celle de l'amitié. Programme complexe dans une époque où la politique proprement dite sépare les hommes, où l'on ne s'étonnerait pas de lire, par exemple, que la neuvième symphonie de Beethoven est un hymne communiste. Préserver ses amitiés passe pour de l'opportunisme. On vous exige dans l'un ou dans l'autre camp. On vous enjoint de rompre les nœuds du cœur s'ils aboutissent de chaque côté de la barricade. Et, cependant, il m'apparaît que nous défendons un parti de solitudes qui se cherchent. Cette politique n'est plus de mise. Les opinions ruinent les sentiments et c'est un anachronisme que de rester fidèle, si les opinions divergent. Pour moi, je m'y opiniâtre et préférerais être condamné pour une persévérance de mon cœur que pour une doctrine de mon esprit.

Par malchance les forces dont je m'occupe désapprouvent certaines amitiés qui nous envahissent et troublent leur travail en nous distrayant du nôtre. C'est sans doute pourquoi la liste de mes deuils est longue, pourquoi l'on m'a enlevé les amis qui allégeaient mon voyage. Mieux vaut mettre une prudence dans les rapports. Quelle que soit ma pente à faire passer les devoirs de l'amitié avant ceux de ma tâche, j'y résiste, par crainte que tout ne recommence et qu'on ne me punisse d'avoir négligé ma solitude pour servir mes amis.

L'amitié n'étant pas un instinct, mais un art, et un art qui réclame un contrôle continu, beaucoup d'incrédules lui cherchent des mobiles analogues à ceux qui les animent. Des intérêts sexuels ou des intérêts d'argent. La société, si des amis nous défendent contre ses pièges, s'insurge et décide qu'ils nous séquestrent par intérêt. Elle suspecte le désintéressement qui lui demeure lettre morte. Il n'est loué que chez les bêtes. On l'y constate comme un triomphe de la servilité. C'est alors prétexte à histoires touchantes et à phrases telles que « les bêtes sont meilleures que nous ». On nous cite l'histoire d'un chien de police qui s'aperçut que sa muselière était mise en voyant son petit maître se noyer à Biarritz en face d'une nourrice impuissante. Il chercha un chien de gueule libre et l'envoya secourir à sa place.

Un caniche attendait chaque jour son maître devant une gare de province. Le maître étant mort à Paris de mort subite, le caniche continua d'attendre. Après plusieurs semaines, il se laissa mourir. Et les hommes de cette province proclamèrent leur *surprise* en lui élevant une statue.

Certes, cette statue me touche. J'aime les bêtes et je n'ignore pas ce qu'elles nous enseignent. Mais l'art dont je parle ne les gouverne pas. Elles s'attachent à qui les caresse ou les frappe. L'homme les embellit pour s'embellir. Chacun possède la bête la plus remarquable. Cela engendre un réciproque aveuglement.

L'amitié comporte la clairvoyance. Elle admet les défauts sur lesquels l'amour s'aveugle. C'est pourquoi l'amitié des bêtes n'est qu'amour. Elles nous divinisent et ne cherchent ni à nous corriger de nos défauts par un courage à se corriger des leurs, ni à se corriger des leurs pour nous servir d'exemple, ce qui est le comble de l'art amical.

La statue du caniche, c'est celle de Tristan. Ce n'est pas celle de Pylade.

La véritable amitié ignore les disputes, à moins que la grandeur de la dispute ne dénonce un sentiment qui empiète sur l'amour et imite ses orages.

Dans l'amitié Nietzsche-Wagner, Wagner ne joue pas le beau rôle. L'exigence de Nietzsche ne se trouvant pas satisfaite, sa rupture et ses reproches empruntent toutes les justices et toutes les injustices de la passion. Cette grande dispute en est une d'amour, en ce sens que Nietzsche voulait que Wagner devînt sa chose. Wagner voulait asservir Nietzsche. Mais Nietzsche cherchait à transcender dans le domaine des âmes ce mélange des corps par où les amoureux espèrent se fondre en un seul cri. La différence d'étoffe se montre à Bayreuth lorsque Wagner refuse le manifeste de Nietzsche pour la collecte des capitaux, parce qu'il lui reproche de ne pas battre assez clairement le rappel.

Le rôle de Nietzsche livre le plus haut témoignage des sentiments d'une solitude d'âme que l'amour qui mène au mariage ne comblerait pas. Cette passion de l'âme s'adresse, hélas! à une nature féminine que le monde et ses pompes attirent en dehors de la tempête. La lettre de Péguy à Daniel Halévy *(Victor-Marie comte Hugo)* et le *Cas Wagner*, nous lèguent deux étonnantes déclarations d'amour. Le moindre grief prouve la passion qui les dicte.

Je me demande s'il ne faut pas voir chez Nietzsche et chez Wagner une nouvelle preuve de la jalousie froide et farouche des tâches. S'il ne faut pas voir là un de ces couples où l'invisible ne tolère plus une invasion qui brouille ses intérêts, où il imite ces personnes incapables de supporter le spectacle d'une entente qui les expulse. Car, lorsque l'amitié se forme entre créatures de tempête, il est difficile que la tempête ne souffle qu'un souffle. Le souffle se divise, et les deux souffles craignent que l'un ne renverse l'autre, et que cet autre ne prenne figure de servitude. C'est alors que l'amitié s'identifie à l'amour, se trouvant aux prises, non seulement avec ses microbes, mais avec les obstacles extérieurs qui le menacent.

La véritable amitié ne se déroule pas sur ce

registre. Je l'appelle un art, parce qu'elle s'interroge, se corrige sans cesse et signe une paix qui évite les guerres de l'amour.

Il est probable que, lorsque je fus victime de l'amitié, mes amis en furent également victimes parce que je dépassais le registre. Sinon, l'amitié me semble admise par nos tâches. Elles l'exploitent. Elles y trouvent un moyen de nous employer mieux puisque l'amitié nous pousse aux preuves, à nous croire responsable de ces preuves, à nous convaincre que nous travaillons pour un mérite qui nous rende digne de nos amis. Moyen qui déraille dès que l'amitié déborde ses prérogatives, qu'une servitude s'ajoute à une autre et bouscule notre nuit au point de déranger son égoïsme. Dans *Tristan et Yseult*, outre l'amour de Wagner pour son inspiratrice, la passion qu'il éprouve pour sa propre personne dicte le style passionnel. L'œuvre témoigne du couple formé par certains créateurs, de la fièvre qui ravage ce couple monstrueux, et dont une fièvre d'origine externe n'est qu'un paravent de l'invisibilité.

L'expérience m'a perfectionné dans cet art et dans les peines qu'il nous inflige. Les rencontres qui en précèdent le cérémonial ne doivent pas relever du coup de foudre, mais d'une méticuleuse étude des âmes.

Ainsi n'entasse-t-on pas dans sa maison des explosifs.

Seule l'amitié trouve le regard ou la phrase très simple qui panse nos blessures, blessures que nous aggravons et creusons avec l'acharnement de ceux qui, se sachant incurables, cherchent une issue dans l'extrémité de la douleur. Contre ces blessures ne pourra rien une force équivalente à la nôtre sauf de nous fuir ou de nous suivre dans les extrêmes et de s'y perdre avec nous.

L'amitié ne se veut pas inspiratrice. Elle ne se flatte pas d'alimenter notre feu, d'y verser du pétrole, de collaborer à quelque magnifique incendie, de jouer un rôle sur nos décombres.

Elle nous observe sans fièvre. Elle conserve son équilibre à seule fin d'assurer le nôtre. C'est, du moins, sous cet angle que je reconnais son beau visage sévère.

On imagine combien l'absence de spectacle dépite un monde qui en est avide et qui aimerait, de son fauteuil d'orchestre, contempler notre tragédie. Si nous ne lui donnons pas la tragédie, il cherche ce qu'une bonne entente dissimule. Il en machine l'intrigue et, s'il se lasse au jeu, il nous plaint de notre calme et court vers des théâtres plus suggestifs. Rien de moins excitant pour le monde que notre calme en face des attaques. Il espère être le témoin d'un massacre. J'ai souvent rencontré des personnes qui déploraient ma réserve dans l'affaire *Bacchus*. Ils en attendaient davantage. Que j'assassinasse Mauriac et que ses acolytes m'assassinassent à leur tour. Le fond de la querelle ne les intéressait pas. Ils ne s'intéressaient qu'à la querelle, espérant qu'elle nous conduirait tous aux assises.

Parfois, nos picadors se retournent vers des victimes qu'ils supposent être moins aptes à se défendre. C'est ce qui arriva, lorsque estimant avoir fait long feu avec ma pièce, ils se retournèrent contre le *Britannicus* de la Comédie-Française, où Marais était admirable. La salle s'enthousiasmait du spectacle. Mais le monde dont je parle voulut me poursuivre à travers sa personne et l'accabla de sarcasmes dans l'espoir que nos dénouements se confondraient en un seul. Ce monde comptait sans l'amitié qui nous attache l'un à l'autre, et sans nos morales qui se conjuguent. Il est vrai que d'autres arènes détournent les spectateurs d'une corrida sans mise à mort. Ils dirigent banderilles, piques et rosses vers des bêtes moins lentes dans l'agonie.

Le groupe de musiciens surnommé Groupe des Six, est un groupe dont l'amitié constituait toute l'éthique. Je fus son historiographe. Il me laissait responsable de mes idées. Je ne lui en imposais pas la discipline. C'est pourquoi, après vingt années, nous nous retrouvâmes ensemble, liés du même lien en 1952, dans une petite fête que l'éditeur Heugel promène de capitale en capitale. Jusqu'à nouvel ordre, les coups qui décimèrent nos amis n'ont point encore frappé notre groupe et, s'ils le frappent, les disputes d'école ne l'auront jamais désuni. L'amitié nous groupait sans contraintes. Chacun s'épanouissait selon ses aptitudes. Jamais nous ne prîmes la perche des tentatives nombreuses qui voulurent nous désunir.

Autre est mon amitié avec Strawinsky, laquelle subit une courbe de crises. Mais je la retrouve toujours intacte lorsque le monde l'espérait détruite.

J'occupe une forteresse dont les sentinelles protègent l'amitié. Cette forteresse d'amitié me loge depuis 1949. Je regrette de dire qu'elle tiendra et ne cédera qu'à des puissances supérieures, contre lesquelles nous ne possédons aucune arme. Il est déjà beau qu'elle tienne loin des grandes manœuvres. Lorsque les grandes manœuvres se rapprochent, nous les fuyons sur un bateau où l'amitié se resserre encore. Et s'il m'arrive de quitter la forteresse, de me lancer imprudemment dans quelque escarmouche, j'y retourne, je m'y enferme ou je monte sur le bateau.

J'ai, dans cette forteresse, trouvé la preuve que l'amitié surmonte les vicissitudes de l'amour, contrairement à celle de Triebschen où trop d'intérêts contradictoires bourraient une bombe de poudre. Que dis-je? Où se désintégrait la matière de l'âme. Notre métal a bonne trempe, et je n'ai jamais entrevu la possibilité d'une paille capable de désorganiser son organisme.

Je n'ignore pas qu'un semblable privilège se paye cher. J'en accepte la note, sachant ce que coûte la bonne fortune et qu'on ne paye jamais le prix fabuleux qu'elle vaut.

Mille ondes néfastes s'infiltrent par la moindre fente. Il est indispensable, si l'immédiat ne nous grise pas, de nous écarter de ses tornades. Notre époque scolaire et inculte, médiévale en quelque sorte, avec toute la puissance de miracle que cela implique, aime démolir et bâtir. Elle est idolâtre et iconoclaste. Merveilleuse, dangereuse, elle sacre, elle ruine l'individu. On n'y conserve l'équilibre que dans une invisibilité dont la ruse (car j'ai dit combien l'invisible cherche à nous compromettre) consiste à nous faire croire que nous sommes en quarantaine et qu'il faut sortir de notre trou.

L'Histoire démontre à quels risques expose une surestimation de la générosité d'adversaires qui ne méditent que notre exil. Il serait fou de confondre cet exil avec celui que nous choisîmes, ou crûmes choisir, si l'invisible décide à notre place et profite de notre volonté d'exil.

★

L'amitié parfaite et qui n'est point envenimée d'amour, nourrit sa substance de forces étrangères à celles de mon étude. J'insiste sur le fait qu'il y a confusion dans la ligne des frontières, lorsque les forces secrètes s'en mêlent. Et si je parle d'un art de l'amitié, c'est d'un art où l'homme se trouve libre et non pas de l'art dont il est l'esclave.

On devine combien cet art me délasse de l'autre, combien je me félicite que l'ombre ne m'y pourchasse pas. Seulement il importe de prendre garde, de ne pas enfreindre les règles hors desquelles le mécanisme farouche se remettrait à fonctionner.

Ayant admis mon irresponsabilité d'artiste, je soigne les responsabilités de mon cœur. Je ne le laisse jamais contrecarrer mon travail. Voilà, me diront nos juges, une vie sans feu et qui se résigne. J'avoue préférer cette braise à un feu de joie. Une jeune hôtesse [1], un fils adoptif, peu de visiteurs, c'est une troupe réduite. Mais l'amitié coule sans les bornes explosives que l'ennui occidental dispose le long de sa route, afin d'en divertir la platitude. Le temps de l'amitié est oriental. La faute de l'Orient serait peut-être d'avoir surestimé l'Occident et ses syncopes. C'était à lui de nous envoyer des missionnaires.

On a coutume de confondre l'amitié avec la camaraderie qui en est l'esquisse et devrait être

1. Sa générosité totale m'enseigna de rompre avec la notion « du mien et du tien », funeste héritage de la bourgeoisie française.

la base du *Contrat social.* Et que dire des amitiés particulières? Montherlant et Peyrefitte nous peignent la pénombre de ces ébauches d'amourettes, à un âge où les sens habitent encore les limbes et ne connaissent pas de sens interdits.

Camaraderies et amourettes ne ressemblent pas aux attaches d'Oreste et de Pylade, d'Achille et de Patrocle. Il est regrettable que les moines aient suspecté ces attaches, détruisant des œuvres de Sophocle, d'Eschyle et d'Euripide qui nous eussent éclairés sur elles. L'amour grec, tel que les moralistes l'entendent, et qui fut une intimité érotique entre élèves et maîtres, n'avait rien à voir avec ces puissants nœuds de l'âme. Et si les héros dépassaient les limites permises, cela ne verse aucune pièce à charge dans le procès. C'est la recherche de ce genre d'attaches qui alimente les guerres, attirant nombre d'hommes loin de leurs foyers où l'amour n'existe plus, et dont ils ne peuvent abandonner le morne sans un prétexte patriotique.

★

J'ai fréquenté des couples de camarades. Les défauts de l'un s'additionnaient avec les défauts de l'autre. L'un estimait que l'autre l'appuyait, alors que c'est l'autre qui profitait de l'un. Ces couples résistent par un désordre qu'ils haussent jusqu'au roman. L'affabulation qu'ils deviennent les fait mépriser le calme. L'alcool les alimente. Ils en arrivent à des tempêtes, supérieures à celles des ménages les plus orageux.

★

Je connais une bien fantasque histoire et je regrette de n'en pouvoir citer les noms, qui lui donneraient de l'assise.

Un architecte du port du Havre, marié à une jeune femme charmante, fut soudain possédé, sans que le moindre dérèglement sexuel s'y mêlât, par le besoin irrésistible de se travestir en femme. Il n'était plus tout jeune et ne prétendait qu'à se changer en une personne convenable et d'un certain âge. Ce qu'il réalisa par l'entremise d'une de nos amies. Il possédait deux appartements, deux voitures et une armoire de robes qu'il commandait et essayait chez des couturiers, dupes de son manège.

Son phantasme se satisfaisait de conversations avec des complices auxquels il confiait par exemple : « Il faudrait me marier. Il faudrait me trouver un homme plus âgé que moi et qui ne rechercherait pas ma fortune. » Sa jeune femme ne se doutait de rien et, du reste, aurait moins admis d'apprendre la vérité que la découverte d'un vice.

La comédie dura cinq ans, après lesquels cette double existence devint lourde et obligea l'architecte, dans son rôle d'homme, à se ruiner au jeu pour la femme qu'il redevenait ensuite.

Il se suicida dans sa demeure féminine. Etendu sur son lit, en costume masculin, il tenait une lettre déclarant : « Je me suis ruiné pour moi-même. J'ai donc ruiné ma femme que j'adore. Qu'elle me pardonne. »

Voilà un couple unique. Il résume assez bien ces couples de camarades où l'amour ni l'amitié ne tiennent aucune place.

Il m'arrive, connaissant mes contemporains et compatriotes, d'avertir les jeunes du risque du qu'en dira-t-on qu'ils courent auprès de moi. Il est remarquable que la crainte du qu'en dira-t-on leur fasse hausser les épaules à l'encontre de ceux qui le recherchent. Ces derniers feignent la crainte et, par une manœuvre sournoise, s'appliquent à lui donner prise. Ils n'hésitent pas à se salir et à nous salir, afin de se faire gloire de notre intimité.

La jeunesse doit être respectée avant toute chose et le respect ne courant pas les routes, on ne se gêne guère pour interpréter les élans de son cœur et lui coller mauvaise affiche.

Le moindre rapport de police le prouve. Je ne conseille à personne d'y donner prise. Un tel monde ne soupçonnant pas les nuances du cœur ni de l'âme se livre à d'ignobles interrogatoires et traite comme malades d'asile ceux que leur gêne oblige à se mal défendre. Cette gêne les accuse. Ils rougissent. C'en est assez pour qu'on les inculpe et qu'on leur inflige la honte de l'examen médical. Je connais des cas où des malheureux n'en purent supporter l'offense. Ils la fuirent dans le suicide procurant à la police une fausse preuve de leur culpabilité. Cela est lamentable. Et même lorsque pente il y a vers ce que la société catalogue vice, le sujet s'angoisse de ne pas rentrer dans la norme et d'être considéré comme un monstre par sa famille.

Dans ce second cas, l'instinct contrarié aboutissait au pire. De brimade en brimade, d'analyse en analyse, la victime ne pouvait se réfugier que dans la mort.

Nous ne prétendons pas réformer le monde. C'est l'affaire de la science. Nos éclaircissements ne peuvent convaincre que les justes qui sont déjà convaincus.

Reste le but de ce paragraphe. Converser avec

ceux qui me lisent comme je converserais en tête à tête.

J'ai souvent constaté que les esprits les moins distraits s'affectent des sottises malpropres que la presse colporte. Il n'est jamais inutile d'éclairer un peu leur lanterne. Naturellement il ne s'agit pas de me défendre. Je ne connais rien de plus vulgaire que les gens qui se défendent ou que ceux qui se vantent de nous avoir défendus. J'admire beaucoup Mme Lucien Muhlfeld chez qui entra jadis une jeune femme s'écriant : « Je sors de vous défendre », et que nous la vîmes mettre à la porte en lui enjoignant de ne jamais revenir.

Les gens ignorent qu'on ne saurait défendre ceux qu'on aime pour l'excellente raison que ceux qui nous aiment ne doivent pas fréquenter ceux qui disent du mal de nous. S'ils les fréquentent, leur seule attitude fermera les bouches. Je me flatte de ce qu'une méchante bouche ne puisse s'ouvrir devant moi. La bouche s'ouvre-t-elle, je quitte la table ou la chambre. Qu'on se débonde en mon absence. En ma présence, qu'on la boucle. Voilà un article de ma morale. Et jamais, que je sache, je ne m'y suis laissé prendre en défaut.

L'affaire Walt Whitmann ne relève pas de l'amitié amoureuse. Elle mérite une place à part. C'est en camouflant Whitmann que ses traducteurs l'incriminent. Et de quoi? Il est le rhapsode d'une amitié où le mot camarade reprendrait son sens véritable. Son hymne dépasse de beaucoup les claques sur l'épaule. Il chante une conjugaison de forces. Whitmann s'oppose aux contacts que Gide confesse. Il est dommage qu'en voulant défendre une zone mal connue, Gide ne nous en donne que l'ébauche. Wilde l'idéalise avec une grâce mondaine, et Balzac lorsqu'il offre à Wilde (dialogue Vautrin-Rastignac dans le jardin de la pension Vauquier) le modèle du dialogue lord Harry-Dorian Gray dans le jardin du peintre, nous présente encore une force en face d'une faiblesse, faiblesse qui éclate quand Rubempré chez Camusot accable son bienfaiteur.

Proust se pose en juge. La beauté de son œuvre y perd une haute signification. On déplore que ses pages sur la jalousie maniaque ne nous documentent pas en plein jour.

Revenons à l'axe de notre chapitre, à l'amitié, vierge des fables dont la société l'affuble. Hommes et femmes s'y ennoblissent, encore que les femmes aient plus de pente que les hommes à éprouver la jalousie. Or, dans l'amitié, la jalousie ne saurait entrer en scène. Elle consiste, au contraire, à servir les sentiments étrangers à son registre. Elle ne soupçonne, ni ne guette, ni ne se livre aux reproches. Son rôle sera d'y voir pour ceux que les extravagances de l'amour aveuglent, de les aider dans le bonheur, s'ils l'atteignent, et dans le malheur, s'ils en reçoivent les coups. Ceci dit, l'amitié se devra mêler de l'amour avec prudence, faute de quoi son appui risque de prendre un air de manœuvre au bénéfice de sa préservation.

Je reçois beaucoup de lettres où l'on m'offre amitié. On s'étonne que je ne saute pas sur ces offres et que je réponde à l'élan par de la réserve.

Je vais répondre. L'art de l'amitié se résume dans la formule chinoise « Rétrécis ton cœur », ce qui ne veut pas dire : Prive-toi d'employer ton cœur ». Ce qui veut dire : « Ne dépasse pas le cercle de craie. » J'ai mis longtemps à éprouver les amitiés qui me conviennent. Une de plus, le cercle déborde. Cette sagesse ne signifie pas que je ferme ma porte à triple tour. Ma porte demeure grand ouverte. Mais ce n'est pas celle de mes trésors.

L'homme a vite fait d'employer le mot amitié, de caresser et tutoyer, jusqu'à ce que la moindre circonstance détruise ce bel édifice. Mes véritables amitiés, je les conserve, à moins que la mort n'y mette la main. Et si, aux anciennes amitiés j'en ajoute de neuves, mon premier soin sera de les documenter sur un jadis qui leur est inconnu. Ainsi, anciennes et nouvelles peuvent-elles se joindre sans crevasse et les nouvelles ne pas rester à l'écart.

Le métal de l'amitié s'avère incorruptible. Je citerai des amis auxquels on essaye d'en faire accroire sur mon compte et qui savent fort bien si je suis capable ou incapable des paroles et des actes qu'on m'attribue. Cela s'ils acceptent qu'on m'inculpe en mon absence, ce qui ne devrait pas être, mais, hélas! ce qui est. De mon côté, je m'en garde comme de la peste et, lorsque je redresse cette pente de médisance, j'observe que je dépite les convives et qu'ils eussent aimé que je dégringolasse le toboggan.

Il ne faudrait pas croire l'amitié soustraite à l'épreuve des intempéries. Ce livre enregistre quelques déboires. J'ai parlé d'une longue étude qui la précède. La clairvoyance où elle nous laisse, contrairement à l'amour, devrait nous ouvrir les yeux à la minute où elle se gâche, mais cela est difficile parce qu'elle est indulgente et qu'elle espère venir à bout des défauts. Seulement si ces défauts ont germe de n'en pas être et relèvent d'un excès de sensibilité, le désordre débute sans qu'on s'en aperçoive. Il entre de la chance, dans l'équilibre d'une amitié véritable. Aucune nature n'est à l'abri d'un choc qui la dérègle et lui imprime des directives imprévues. Lorsque ces chocs ne se produisent pas, c'est par une chance comparable à celle d'un joueur qui gagne plusieurs fois sur le même chiffre de la roulette.

Cependant, à la longue, nous devenons perspicace. Nous aidons la chance de telle sorte qu'elle nous serve sans tricherie.

Le travail de l'amitié serait trop simple s'il évitait à coup sûr les obstacles du travail des œuvres, où le monde invisible alerte sa police. D'autant plus qu'il nous faut mener les deux ensemble, ne point embrouiller un travail avec l'autre et ne pas laisser croire à nos tâches que l'amitié les jalouse.

Une forteresse est presque indispensable à cet équilibre, insoluble au milieu des manèges, parades, tirs, montagnes russes et balançoires d'une ville.

A l'exemple du vin, je recommande à l'amitié de ne pas laisser secouer sa bouteille. Au reste, elle répugne à se dissocier, fût-ce momentanément. C'est en quoi elle s'assimile à la triade dont la dissociation déclenche des catastrophes. Elle préfère, par exemple, voyager de conserve afin que, s'il se produit un accident, elle coure le risque d'une mort commune.

L'évêque de Monaco me raconte qu'il est responsable de la mort d'une jeune femme dans le sinistre du *Languedoc*. Elle avait tant de hâte à partir qu'il avait échangé sa place contre la sienne. L'évêque est celui d'une roche où s'élève un temple : le temple du Hasard. L'évêque n'était pas l'ami de cette jeune femme. Il ne lui rendait que service. S'il eût été son ami, sans doute aurait-il aimé prendre la route de l'air avec elle.

L'amitié passe pour vaine, dans un âge de hâte et d'esprits forts. Qu'est-ce que l'amitié pour celui qui la sacrifierait à un principe? Qu'est-ce que l'amitié dans un monde qui crache sur les délicatesses du cœur? Je m'en balance, comme ils disent. Pleurera bien qui pleurera le dernier.

★

P. S. — Je sais qu'il est immodeste de parler de soi. On en trouve de grands exemples [1]. Mais ce

1. « La coustume a fait le parler de Soy vicieux... Ce sont brides à veaux dont ni les Saincts que nous oyons si hautement parler d'eux, ny les philosophes, ny les théologiens ne se brident... Qui se connaistra ainsi, qu'il se donne hardiment à connaistre par sa bouche. »

MONTAIGNE.

livre s'adresse *à des amis*. Il tombera des mains de ceux qu'il rebute. Et il est normal de converser avec des amis sans aucune gêne. Le mécanisme que ce livre met gauchement à l'étude en écartera les personnes dont il refuse l'écoute. C'est en quoi, en fin de compte, je reconnais que j'étais moins libre de l'écrire que je ne l'ai cru. J'ai terminé par le chapitre « De l'Amitié » parce que c'est à l'amitié que je m'adresse.

Peut-être la ligne de ma morale se dégagera-t-elle de ce désordre d'homme qui tâtonne dans le noir, mettra-t-elle des âmes attentives en garde contre le danger de battre la campagne. Il y a ce qu'on nous permet et ce qu'on nous refuse. J'eusse aimé écrire de braves et délicieux livres. Ce qui les dicte à leurs auteurs ne les empoisonne pas. L'avenir, si l'avenir existe, décidera seul de mon imprudence. Il est vrai que je pâtirais davantage en essayant d'être prudent.

Je n'ai jamais eu de prudence et n'en puis tirer gloire, parce que je ne sais pas ce que c'est. Je pique une tête dans les actes. Advienne que pourra. Erik Satie raconte qu'on lui répétait dans sa jeunesse : « *Vous verrez plus tard* ». — « *J'ai cinquante ans*, me disait-il. *Je n'ai rien vu.* »

Il y a dans les familles coutume de dire si l'on nous garde quelque argent en réserve, qu'il ne faut pas nous le donner, pour s'il nous « arrivait quelque chose », oubliant qu'il nous arrive continuellement ce quelque chose de vivre et que nous mourons chaque minute aussi bien que nous mourrons un jour.

D'UNE CONDUITE

Le matin ne pas se raser les antennes.

★

Respecter les mouvements. Fuir les écoles.

★

Ne pas confondre la science progressive et la science infuse. La seule qui compte.

★

Soigner comme une jolie femme sa ligne et ses dessous. Mais ce ne sont pas les mêmes dont je parle.

★

Etre un autre pour recevoir les coups (Leporello).

★

Al Brown se laissait dire : « Vous n'êtes pas un boxeur. Vous êtes un danseur. » Il en riait et gagnait.

★

Ne pas relever les inexactitudes qu'on imprime sur notre compte. Elles nous protègent.

Etre un perpétuel attentat contre la pudeur. Rien à craindre. Il s'exerce chez les aveugles.

On est juge ou accusé. Le juge est assis. L'accusé debout. Vivre debout.

Ne pas oublier qu'un chef-d'œuvre témoigne d'une dépravation de l'esprit. (Rupture avec la norme). Changez-le en acte. La société le condamnerait. C'est, du reste, ce qui se passe d'habitude.

Contredire ce qu'on nomme l'avant-garde.

Aller vite lentement.

Courir plus vite que la beauté.

Trouver d'abord. Chercher après.

Rendre service, même si cela nous compromet.

Se compromettre. Brouiller la piste.

Se retirer du bal, sans affectation.

★

Qui s'affecte d'une insulte, s'infecte.

Comprendre que certains de nos ennemis sont nos amis véritables (question de niveau).

Se défier d'un réflexe de mauvaise humeur. La mauvaise humeur étant le pire des ridicules.

Ne pas craindre d'être ridicule par rapport au ridicule.

Etre torchon. Ne pas se mélanger avec les serviettes.

Envisager les mécomptes comme une chance.

La chute d'un projet en propulse un autre.

Une certaine bêtise est indispensable. Les encyclopédistes sont à la base de cette intelligence qui est une forme transcendante de la bêtise.

Ne pas fermer le cercle. Le laisser entrouvert. Descartes ferme le cercle. Pascal le laisse entrouvert. C'est la victoire de Rousseau sur les encyclopédistes qui ferment le cercle, d'avoir laissé le sien entrouvert.

Notre plume doit être un pendule de radiesthésiste, capable de remettre en marche un sens atrophié, d'aider un sens qui ne fonctionne presque plus et qui est infaillible. (Le vrai moi).

Ne pas se fuir dans les actes.

Arriver à ce que la puissance d'âme devienne aussi flagrante que la puissance sexuelle.

Tuer en soi l'esprit critique. En art, ne se laisser convaincre que par ce qui convient violemment au sexe de l'âme. A ce qui provoque une érection morale immédiate et irréfléchie.

Ne jamais attendre une récompense, une béatitude. Opposer des ondes nobles aux ondes ignobles.

Ne haïr que la haine.

Une condamnation injuste est le suprême titre de noblesse.

Désapprouver toute personne décidant ou admettant l'extermination d'une race qui n'est pas la sienne.

★

Comprendre que nos juges ne savent rien du mécanisme de notre travail et le mettent sur le compte de caprices.

N'être, de l'inconscient, que les aides.

Faire la moitié du travail. Le reste se fera tout seul.

Si notre inconscient se refuse, ne pas insister. Ne pas penser. Se mettre à un travail manuel.

Eviter toute imagination attribuant le travail interne à des influences externes d'ordre occulte.

Considérer le métaphysique comme un prolongement du physique.

Savoir que notre œuvre ne s'adresse qu'aux personnes émettant la même longueur d'ondes que nous.

Se contredire. Se répéter. De toute importance.

Ce qui importe ne peut être que méconnaissable puisque sans aucune ressemblance avec quelque chose de déjà connu.

Craindre la tabouisation comme la peste. Le tabou sera *recouvert*. Le non-tabou *découvert*.

Les nombres écrits s'adressent à une couche inférieure de l'intelligence. La politesse des poètes consiste *à ne pas écrire leurs nombres*. La grande pyramide ne s'exprime que par des rapports. En art la politesse suprême consiste à ne s'adresser qu'à ceux qui sont capables de découvrir et de mesurer les rapports. Tout le reste est symbole. Le symbolisme n'étant qu'une imagerie transcendante.

Le mur de la bêtise est l'œuvre des intellectuels. A le traverser, on se désintègre. Mais il faut le traverser coûte que coûte. Plus votre appareil sera simple plus il aura de chances de vaincre la résistance de ce mur.

LETTRE FINALE

Mon cher Bertrand,

Excusez, s'il vous plaît, ce petit traité de « science inculte ». On s'y épuise en un cache-cache auquel les hommes refusent de jouer, préférant leurs jeux. Ce qui nous incline souvent à imiter Héraclite, à rejoindre l'enfance qui joue.

Peut-être sommes-nous des finis et contenons-nous des systèmes finis qui en contiennent d'autres, à l'infini. Peut-être logeons-nous tous dans un de ces systèmes finis (qui seraient périssables) également contenus dans d'autres finis également périssables. Peut-être cet infini de finis les uns dans les autres, cette boule chinoise, n'est-il pas le royaume de Dieu, mais Dieu lui-même. Notre devoir sera donc d'admettre notre échelle (où les créatures montent et descendent comme les grenouilles dans un bocal). De ne pas nous perdre en d'écœurantes perspectives.

Tout brûle et se consume. La vie résulte d'une combustion. L'homme a inventé de brûler en laissant derrière lui de belles cendres. Il y en a qui restent chaudes. C'est par elles que le passé se montre sous forme de présence. Qu'il se découvre un peu sous son angle véritable. Car ces cendres (ou œuvres) relèvent d'une essence humaine imperceptible et insoumise à nos mesures.

Puisqu'elles seront là demain lorsque nous n'y serons plus, c'est qu'elles empiètent sur ce que nous nommons l'avenir et donnent un vague sentiment de fixité, de permanence.

Les fouilles d'un médium dans le soi-disant avenir en sortent des objets non moins séparés de leur contexte que les vases étrusques du soi-disant passé, qu'on déterre à Ostia dès qu'on creuse. C'est ce qui nous émeut en face du petit aurige de Delphes. Immobile et stable, ses orteils bien rangés les uns à côté des autres, il semble venir du fond des siècles et continuer sa route sur place, avec la canne blanche des aveugles.

Il m'a toujours frappé comme représentatif de la duperie des perspectives du temps-espace. Il y a laissé un bras, son char, son quadrige. Mais, quadrige, char et bras, témoignent autant de gestes futurs qui échappent à la clairvoyance que de gestes feus qui échappent à la mémoire. Il me figure *l'éternel présent*. Il en est une exquise, une étonnante petite borne.

POST-SCRIPTUM

PENDANT mon dernier voyage en Grèce (12-27 juin 1952), où j'allais vérifier les chiffres d'*Œdipus Rex*, j'avais en poche votre lettre sur la gamme que Pythagore et la Chine inventèrent de conserve, sans le savoir. Voici les notes sur *Œdipus Rex* et sur ce voyage.

D'UN ORATORIO

> **Jocaste vient de se pendre. La peste bat son plein. Tout le monde est rentré dans les maisons. Thèbes ferme ses volets en signe de deuil. Œdipe reste seul. Comme il est aveugle, on ne le voit pas *(sic)*...**
>
> **A Colone, il racontait : « J'ai fait cela. » Je restais au beau milieu de la chambre. Mes yeux ne pouvaient soutenir l'éclat dégoûtant de ce lustre.**
>
> *Le Mystère Laïc.*

Tout travail sérieux, qu'il soit de poésie ou de musique, de théâtre ou de cinématographe, exige un cérémonial, de longs calculs, une architecture où la moindre faute déséquilibrerait la pyramide. Mais, alors que dans un spectacle oriental ou dans les compétitions sportives, chiffres et architectures relèvent d'un code connu du public, les nôtres répondent à des règles qui nous sont propres, et ne peuvent fournir les preuves d'une excellence.

Le travail d'*Œdipus Rex* n'était pas simple. Il ne me fallait pas tuer l'oreille par l'œil. Il me fallait être violent, respectueux de la monstruosité mythologique. En effet, le mythe nous arrive avec le même silence que les soucoupes volantes. Le temps et l'espace nous l'envoient de quelque planète dont les mœurs nous déconcertent. Je n'ai dérangé l'oratorio d'Igor Strawinsky ni par un spectacle ni par des danses. Je me suis contenté de sept apparitions, très courtes qui se produisent, pendant mes textes, sur une estrade dominant l'orchestre. Il serait inexact de dire que je me suis inspiré du No japonais. Je me suis rappelé l'exemple qu'il donne d'une économie de gestes et d'une force allusive. J'ai été émerveillé par la compréhension des ouvriers qui me permirent d'exécuter les masques. Rien d'insolite ne les étonne lorsque le problème à résoudre entre en jeu. J'ajoute que la guerre de 14 et celle de 40 ont creusé un trou qui autorise les jeunes à ne pas s'inquiéter de savoir si les choses qu'ils font ont été déjà faites. Par contre, nous fîmes et vîmes trop de choses pour ne pas être obligés d'en essayer de nouvelles. Car si nous ne sommes plus jeunes, il importe que nos œuvres le soient. *Œdipus Rex* date de 1923. En 1952, il devient un cérémonial pour la fête de nous rejoindre, Strawinsky et moi, après tant d'années passées loin l'un de l'autre.

Album du « Figaro », juin-juillet 1952.

Ce n'est qu'à Vienne, sur l'estrade, au bord d'une forêt instrumentale, en face de cette foule qui s'écrasait dans les fauteuils, les loges, les cintres et acclamait Strawinsky à travers ma présence, que j'eus le sentiment réel du spectacle que je n'avais pu apporter en Autriche et qui, au théâtre des Champs-Elysées, se produisait sans que je le visse. Il se produisait dans mon dos. Je le suivais dans le regard des spectateurs. Au Concert Haus, je le voyais enfin, débarrassé de mon inquiétude, n'ayant plus à me demander s'il se déroulait en ordre, sauvé de tout obstacle. L'impression était si forte chaque fois que je retournais sur l'estrade, poussé par le chef d'orchestre, flagellé par la vague des applaudissements, que j'oubliais l'absence du spectacle. Je m'imaginais un public l'ayant vu. Cette sensation se doublait, je le répète, de ce que n'ayant moi-même jamais vu le spectacle, ne l'ayant mesuré que par les grandes nappes d'ombre et de lumière que le lever et la chute du rideau répandaient sur le public, je pouvais croire que ce spectacle avait toujours été invisible, que seule ma tension interne le communiquait à la salle, comme celle d'un hypnotiseur. Vienne l'avait donc *vu* par hypnose et la quinzième fois que je revins sur l'estrade, j'en ressentais la certitude. Les regrets qu'on m'exprima ensuite sur l'absence du spectacle et les précisions qu'on me demanda, me réveillèrent de ma propre hypnose. Je décidai, pour me le rendre visible, de raconter par l'écriture ce que je racontais oralement aux Viennois. Plus que sa machine de spectacle, d'*Œdipus Rex* me représentait Villefranche, Mont-Boron, Strawinsky et sa famille, ma jeunesse, tout ce dont je parle dans le chapitre *Naissance d'un poème*, comme si la période qui sépare ce chapitre de celui que je suis en train d'écrire n'existait pas et que je les écrivisse d'une traite. Sans doute, cela vient-il de ce que je sentais Strawinsky à ma gauche et que la mémoire substituait son théâtre à celui dans lequel je tenais le rôle du récitant.

★

Si je fixe ces souvenirs comme je l'ai fait pour mon ballet *le Jeune Homme et la Mort* dans *la Difficulté d'être*, c'est que les spectacles s'évaporent, s'effritent, se ruinent. De tous ceux que j'ai montés, il ne me reste même pas de photographies. Rien ne surnage du *Roméo et Juliette* des Soirées de Paris. Avec Jean et Valentine Hugo j'y avais inventé le noir où n'était visible que la couleur des arabesques, des costumes et des décors. Des lampes rouges, au bord du cadre extérieur de la scène, empêchaient le public de distinguer autre chose. Des valets invisibles construisaient les rues et les perspectives des salles autour de la marche chorégraphique des artistes. J'avais réglé une démarche très curieuse pour toute la jeunesse de Vérone. Roméo seul ne se mouvait pas selon cette amplification d'une mode.

Mais où fondent les neiges d'antan?

★

Les masques d'*Œdipus Rex* furent exécutés de manière à être vus en contrebas. Ils devenaient illisibles lorsqu'on les regardait de face. La plupart étaient ovoïdes, armés d'yeux au bout de cornets ou de baguettes. Les chevelures étaient de raphia. Des cloisons de liège, des fils de fer, des bourrelets, isolés de la surface, figuraient les nez, les oreilles, les bouches. Du masque final jaillissaient des gerbes terminées par des balles (balles de pingpong peintes en rouge). Ce qu'on appellerait dans le Midi du semble-sang.

★

Des gestes qui ne vont jamais jusqu'à la danse et relèvent à peine de la pantomime étaient indis-

nous étions dedans, idée nous-mêmes et faisant corps avec l'idée qui nous contenait et devenait notre substance. Et comment sortir de là, sans y laisser, à l'exemple d'Ulysse collé à son siège, une partie de notre personne. Cela semblait impossible car les vents tournaient et s'opposaient à notre fuite. Que dis-je? Une idée de vent semblable à ces jeunes fils de Borée qui ne supportaient plus les histoires de chasse d'Héraclès et le plaquèrent sur une île où il appelait son jeune copain d'une voix insupportable aux nymphes, lesquelles venaient de le noyer et se bouchaient les oreilles. Autre idée qui devint celle d'Ulysse et qui étonna l'idée de chant des sirènes. Grands dieux que faire et comment quitter ce cycle et l'ange qui joue de la trompette ne va-t-il pas apparaître et son idée de trompette anéantir notre songe et renverser l'axe des pôles, comme il le fit le jour des funérailles du roi Achas et disparut après s'être essuyé la bouche? Car l'ange était une idée propre à disparaître dès qu'une autre la chasse, et il y avait de quoi puisque l'idée qui le chassait était celle d'un cataclysme que la Bible enregistre et que saint Jean eut l'idée de manger sous forme de livre dans l'île de Patmos où nous n'eûmes pas l'idée de nous rendre, tellement elle est une idée en l'air.

On n'a pas l'idée de voyager sur la mer Ionienne et si on l'a eue, la seule manière d'en sortir est encore une idée, une idée d'aigle, qui vint à l'idée que Zeus se formait de sa puissance et qui excuse l'idée de Xerxès de fouetter la mer, celle de César d'insulter un fleuve, celle des Thraces de tirer des flèches contre le ciel. Et, trouver refuge dans un musée, à quoi bon, puisque nous nous y perdrons

que le spectacle se produisait haut et loin, qu'il me fallait non seulement sauter la rampe, mais encore tout l'orchestre et les choristes. Ma seule gêne fut de tourner le dos à l'estrade et de n'y pouvoir jeter un coup d'œil. Je me renseignais en regardant les spectateurs que j'observais à merveille du proscénium et qui, sauf la niaiserie incurable de quelques rares visages, m'impressionnaient à force d'immobilité.

DESCRIPTION DES TABLEAUX VIVANTS

I

LA PESTE ARRIVE UNE NUIT A THÈBES

On voyait la peste géante et sa grosse tête ronde de microbe vert pâle, traverser l'estrade, de gauche à droite, devant trois jeunes Thébains faits d'un seul homme aux bras étendus et de deux masques. A l'extrême gauche, une grande lune réaliste mouvait une ombre en tulle, de gauche à droite, ce qui tournait le jeune homme central vers la peste, après avoir lâché ses deux masques. Il s'approchait de la peste, s'agenouillait, saluait et prenait au crochet d'un de ses longs bras drapé de rouge, une tête de mort qu'il s'appliquait sur le visage. Il se dirigeait vers la gauche et, saisi de tremblements, s'arc-boutait au sol, se détendait et s'immobilisait. Alors, un deuxième jeune homme ayant quitté le mécanisme de la lune par l'escalier d'extrême gauche, montait par l'escalier d'extrême droite, voyait la peste, s'inclinait, se masquait d'une tête de mort, prise au crochet du bras gauche drapé de noir. Il tremblait et le rideau descendait sur cet épisode.

II

TRISTESSE D'ATHÉNA

Le rideau se lève et montre deux portants bleu pâle sur lesquels sont peintes, à la ligne (face à face et inverses), les Pallas construites d'un 7, d'un 4, d'un 0, d'un 1 et de *l'amorce d'un* 3. Ces portants sont tenus à l'extérieur par deux hommes à têtes et à queues de chevaux noirs. Un fronton bleu de ciel où est inscrit un œil, descend des cintres couronner les deux portants en laissant un petit espace vide entre le haut des portants et le bas du triangle. Lorsque le fronton se fixe, Athéna monte l'escalier central qui débouche derrière cet espèce de cadre ou temple et s'y arrête sur un socle. Sa figure est d'une sauterelle verte, surmontée d'un casque à cimier vert. Elle porte une lance de la main droite et de la main gauche un bouclier vert sur lequel un relief en croix simule le visage de Méduse. Ce bouclier entouré de serpents mobiles qui se tordent. Un ressort américain imite les yeux. Ce qui se balance du ressort dessine vaguement un galbe.

Athéna s'appuie du front à la lance (profil gauche-droite) en posant le pied sur un autre socle noir. Ensuite, elle tourne la tête et la présente dans le profil droite-gauche. Ensuite, elle s'immobilise, la tête de face, lève le bras gauche et se cache la tête avec le bouclier. Celle de Méduse devient la sienne. Le rideau baisse.

III

LES ORACLES

Le rideau se lève et montre trois personnages. Au centre, haussé par un cube invisible, Tirésias recouvert par une robe jaune et un manteau noir. Il a trois têtes. Une face et deux profils. Les deux profils reposant sur les épaules de l'artiste. A sa gauche, de dos, Œdipe. A sa droite, de dos, Jocaste. La tête d'Œdipe en forme d'œuf. La tête de Jocaste en forme d'ellipse. Ils se tournent face au public. Tirésias a ses mains noires repliées contre sa gorge, à droite et à gauche du masque central. Jocaste, puis Œdipe tirent des rubans blancs qui sortent de la bouche de chacun des profils de Tirésias. Ils s'éloignent de droite et de gauche. Lorsqu'ils se trouvent à l'extrême droite et à l'extrême gauche, les rubans quittent la bouche d'ombre et ils les ramassent dans leur main droite (Œdipe), gauche (Jocaste). Ils les brandissent, puis les posent, Œdipe contre son cœur, Jocaste contre son ventre. Puis, ils les laissent tomber à terre et ils écartent leurs mains ouvertes. Tirésias remet ses mains dans la première position. Le rideau tombe.

IV

LE SPHINX

Le rideau découvre un long mur bas couleur de terre cuite sur lequel sont peintes des lignes en zigzag, noires avec un relief blanc. A droite et à gauche, à chaque extrémité du mur, se tiennent deux hommes à tête de chacal. Près du chacal de gauche, on voit le Sphinx qui se présente de profil, tourné vers le chacal de droite. L'artiste marche à reculons. Il porte le masque (tête et poitrine) sur son dos et sur sa nuque. Ses bras étendus sont cachés par des ailes blanches en pointe. Sur sa cuisse gauche est fixée la queue d'oiseau qu'on devine lorsqu'il lève le genou. Le Sphinx ouvre ses ailes qui pendent et les dresse. Ses ailes vibrent. Il en bat lentement et se dirige jusqu'à l'extrémité droite du mur qui dissimule les jambes de l'artiste. Là, il s'arrête, lève le genou gauche et tremble des ailes. Le rideau tombe.

V

LE COMPLEXE D'ŒDIPE

Le rideau découvre le groupe de trois artistes en maillot noir. Deux sur un genou et une jambe étendue. Ils ont des masques en demi-lune où des profils noirs se découpent sur un fond bleu clair. Les demi-lunes sont jointes et forment une pleine lune. Derrière, monté sur un cube, le troisième artiste porte un masque qui est une prunelle d'œil prise au centre d'une carcasse blanche de poisson. L'artiste, les bras en croix, cache son corps avec une étoffe bleu sombre. Il laisse tomber l'étoffe. Aussitôt, les demi-lunes se détachent et les artistes qui les portent s'écartent de droite et de gauche. Ils tournent sur eux-mêmes, découvrant un deuxième profil. Revenus à la position face, ils exécutent ainsi que l'artiste central, des gestes qui consistent à dessiner dans l'espace les chiffres 1, 3, 4, 7. Ils portent des gants blancs. La figure centrale termine sur le geste 0. Le rideau tombe.

VI

LES TROIS JOCASTE

Le rideau découvre l'estrade vide et, à droite de l'escalier du centre, un chien formé par deux artistes, l'un debout ayant une tête de chacal, l'autre courbé, tenant la taille de son partenaire. Une longue queue noire achève la silhouette. Le troisième artiste débouche par l'escalier du centre, avec sur les bras un mannequin qui représente le cadavre de Jocaste (la mère). L'artiste voit le chien, recule, se tourne et dégringole l'escalier. Jocaste (l'épouse) pendue, descend des cintres au bout de l'écharpe rouge qui l'étrangle. Sa main droite étoilée sur son ventre. Son pied dépasse des étoffes. Aussitôt, l'artiste libre reparaît par l'escalier de droite. Il porte une grande tête de Jocaste (la reine). La bouche en est ouverte et de cette bouche s'échappe une longue bande d'étoffe rouge. Le chien se met en marche vers la gauche, suivi de l'artiste portant la tête. Chien, artiste et bande rouge composent un cortège qui passe devant la base du mannequin pendu. Le rideau tombe.

VII

ŒDIPE ET SES FILLES

Le rideau découvre, à l'extrême gauche et à l'extrême droite, deux artistes en maillot noir, harnachés d'appareils semblables à ceux d'un vitrier, où s'accrochent les masques du chœur. Par l'escalier du centre, on voit surgir le volumineux masque d'Œdipe aveugle. Il apparaît entièrement et s'arrête. Ses mains reposent sur les têtes en forme d'œuf de ses filles. Sous chaque œuf pend une petite robe, l'une mauve pâle et l'autre bleu pâle. Œdipe s'agenouille, groupant ses filles sur sa poitrine. Les chœurs s'approchent et lui enlèvent ses filles. Ils s'éloignent. Œdipe se lève. Il implore du bras gauche. Le chœur de droite retourne vers Œdipe et lui replace la petite fille sous la main. Alors, Œdipe tourne sur lui-même et sa fille passe de la position gauche à la position droite. On ne voit plus que le dos à manteau noir d'Œdipe, sa chevelure, les gerbes rouges de ses yeux et l'œuf à mèche chinoise d'Antigone. Le groupe s'engage sur l'escalier. Il s'y enfonce pendant que le rideau tombe.

Pour cette dernière apparition si bizarre et si agressive, on pouvait craindre des rires. Mais le public fut comme paralysé par une stupeur panique. Nous dûmes au fait que j'avais été jusqu'au bout de mon style, l'atmosphère de silence et la réaction de tumulte qui nous firent gagner la partie. L'ombre de Strawinsky conduisant l'orchestre, ajoutait aux pompes de l'ensemble. On ne peut en vouloir à des journalistes qui ne virent que grimaces et caricatures, puisque même Charles Maurras, traite de magots les têtes primitives du musée de l'Acropole.

Le rideau de fond était une vaste toile peinte (aux dominantes grises, mauves, beiges, jaune soufre) qui s'inspirait d'un de mes dessins pour *la Machine Infernale.* Œdipe aveugle et Jocaste sur des marches aux formes bouleversées.

D'UN VOYAGE EN GRÈCE

> Le voyageur tomba mort, frappé par le pittoresque.
>
> MAX JACOB.

IL faut bien se résoudre à le dire pour la simple bizarrerie du fait : la Grèce est une idée qu'on se forme et qui se forme continuellement sous un ciel apte à ce genre de phantasmes au point qu'on se demande si la Grèce existe, si l'on existe lorsqu'on y voyage, et si toutes ses îles et cette Athènes où vole le poivre des poivriers, ne sont pas une fable, une présence aussi forte et aussi morte que celles de Pallas, par exemple, ou de Neptune. On se le demande et on grimpe comme chèvre à travers les ossements des rois, embaumés par ces immortelles d'où l'orage dégage une tisane d'odeurs aussi vivantes et aussi défuntes que cette aurige qui marche sans bouger les pieds et traverse les siècles avec son regard pareil à la canne blanche des aveugles. Une idée construite, détruite, immortelle et mortelle comme ces immortelles qui sèchent au soleil autour de l'antre où la sibylle vaticinait et devant sa porte où la clientèle du dimanche faisait la queue. Oui, une idée, une idée fixe, tellement fixe qu'elle reste debout sur ses pieds d'aurige et nous regarde avec un œil qui ne nous regarde pas. Et cet œil d'idée s'ouvre partout, à Delphes, couronnée de son théâtre feu, et en Crète, lorsque nous craignîmes de nous perdre dans le labyrinthe ouvert de Knossos où se cachent des idées de taureau rouge et d'abeilles comme en témoignent les ruches des collines et les tailles des princes et des princesses, impitoyablement écrasés contre les murailles et les colonnes de sang. Et ce Santorin qui n'échappe au volcan que par une fuite blanche au sommet de pics de lave. Et cette idée, cette idée que la mer rumine et se récite au point qu'elle rabâche, et qu'on sacrifierait sa fille pour la contraindre à se taire, à ne pas secouer de son rabâchage le bateau qui est une idée de bateau et vogue, mieux que sur la mer, sur ce fleuve où les héros ne sont plus que l'ombre d'eux-mêmes. Et, dans cette idée de lieu inïernal, ces idées d'hommes et de femmes s'épousent, copulent, engendrent et de leur progéniture encombrent les mémoires. Voilà une idée, une idée de fou, une de ces idées que la médecine soigne dans les parcs des cliniques pleines de voyageurs qui nous ressemblent. Voilà cette Grèce inaccessible. On y entre, on ne sait par quelle crevasse ou caverne, à la recherche du chien Cerbère perdu par son maître et qu'il oblige Héraclès à lui retrouver et à voler des oranges et à balayer chez Augias et à sécher les terres marécageuses de Lerne, et à ce que tout cela se métamorphose en chien à trois têtes, en hydre, en fleuves qu'on détourne, en pommes d'or et on y croit parce que la bouche qui le raconte ne ment jamais et accuse l'Histoire de mensonge, et que l'Histoire n'est pas une idée, mais un cortège d'actes morts qui jonchent les planches du théâtre. Il nous fallait bien admettre cette idée puisque

pensables pour l'équilibre entre les masques et l'orchestre. Pour qui porte un masque, lever une main, avancer une jambe, devient d'une importance extrême, comme le bras du violoniste se change en son. Le fait qu'un bras rapetisse par rapport au masque, isole ce bras et le quadruple, non pas en volume, mais en visibilité. En outre, il ne fallait pas de costumes. Il fallait suggérer des costumes sur une base de maillots noirs, et ne pas les draper artistiquement. J'ai laissé pendre des étoffes assez lourdes de telle sorte que ces chutes d'étoffes n'embrouillassent pas les lignes du corps. Sinon, mes artistes n'auraient plus été des artistes portant de fausses têtes, mais des nains à têtes énormes. Je n'ai pas commis la faute du *Bœuf sur le Toit,* faute où j'entraînai Dufy et que Picasso m'avait signalée. Toutes mes têtes postiches sont de taille et d'architecture différentes. Le masque final et volumineux d'Œdipe aveugle était amplifié par les boules blanches des têtes de ses filles et les figures ovales qui ornent les appareils du chœur.

Le travail avait duré un mois de préparatifs et un mois d'ouvrage manuel chez les artisans qui m'assistent. Laverdet pour le rideau et la finition des masques. Villat pour l'établissement des formes. Mme Bebko et son fils pour certains masques plus subtils, tels que les têtes des chevaux et des chacals, la figure de sauterelle d'Athéna et son cimier vert. Le reste fut exécuté avec ce qui me tombait sous la main (clous, vieilles lampes laissées par terre par un photographe) et l'adresse prodigieuse des aides de Laverdet lesquels comprennent l'incompréhensible avant même qu'on le leur explique. Il importe de se rendre compte

entre les arbres de la forêt des victimes de la gorgone Méduse, et que les branches cassées de ces arbres trouveront le moyen de nous accrocher au passage avec des idées de mains. Ah! C'est terrible, et nombre de touristes ne s'en rendent pas compte, et par leur manque d'idées, résistent miraculeusement à l'idée qui les étouffe. Nous nous en aperçûmes au théâtre de Dionysos où des idées érotiques ne contaminaient pas les visiteuses protégées par des guides contre toute idée et revêtues d'uniformes imperméables. La seule crainte d'être médusés par cette suite dans les idées, par ce bouclier dangereux de la déesse, nous mettait sur nos gardes, et nous le fûmes, et je le reste, et l'idée de la Grèce me hante après une longue nuit de ce sommeil qui massacre l'homme et n'épargne que les idées.

TABLE DES MATIÈRES

Pages

Dédicace 9
Préambule 11
De l'invisibilité 13
De la naissance d'un poème. 45
De l'innocence criminelle 57
De la peine de mort 67
D'un morceau de bravoure. 77
Des permanentes. 97
D'une justification de l'injustice. 101
Des libertés relatives. 115
Des traductions 121
Dérive 131
De la prééminence des fables 135
D'une histoire féline 147
De la mémoire. 153
Des distances 167
De l'amitié 191
D'une conduite 209
Lettre finale. 215
Post-scriptum. 217
D'un oratorio 219

Description des tableaux vivants. 225
I. — La peste arrive une nuit à Thèbes . 225
II. — Tristesse d'Athéna 226
III. — Les oracles 227
IV. — Le sphinx 227
V. — Le complexe d'Œdipe. 228
VI. — Les trois Jocaste 229
VII. — Œdipe et ses filles. 229

D'un voyage en Grèce 231

Dans la collection
Les Cahiers Rouges

Blaise Cendrars	Moravagine
Maurice Genevoix	La Boîte à pêche
Paul Morand	Lewis et Irène
Thomas Mann	Altesse royale
Louis Guilloux	La Maison du peuple
François Nourissier	Un petit bourgeois
René de Obaldia	Le Centenaire
Vladimir Nabokov	Chambre obscure
Jean Cocteau	Journal d'un inconnu
Franz Kafka	Tentation au village
Heinrich Mann	Professeur Unrat (l'Ange bleu)
Pierre Mac Orlan	Marguerite de la nuit

Cet ouvrage a été réalisé sur
SYSTÈME CAMERON
par la Société Nouvelle Firmin-Didot
Mesnil-sur-l'Estrée
pour le compte des Éditions Grasset
le 7 septembre 1983

Imprimé en France
Première édition, dépôt légal : 1953
Nouvelle édition, dépôt légal : septembre 1983
N° d'édition : 6183 – N° d'impression : 0169
ISBN : 2-246-11272-9
ISSN: 0756-7170